Nouvelles réalistes

Première de couverture : © RMN-Grand Palais / Agence Bulloz.
Deuxième de couverture : [h] © Collection Grob / Kharbine-Tapabor ; [b] © DeAgostini / Leemage.
Troisième de couverture : [h] © Heritage Images / Leemage ; [b] © Photo Josse / Leemage.
Page 103 : © Alinari/Roger-Viollet.

ISBN 978-2-7011-6454-0
ISSN 1958-0541

CLASSICOCOLLÈGE

Nouvelles réalistes

GUY DE MAUPASSANT

Dossier par Sophie Boutouyrie
Agrégée de lettres modernes

BELIN ■ GALLIMARD

Sommaire

Arrêt sur l'œuvre

Groupements de textes

Autour de l'œuvre

Introduction

En 1875, Maupassant publie son premier récit, *La Main d'écorché*. À sa mort, moins de vingt ans plus tard, il est l'auteur de près de trois cents contes, nouvelles et romans. Par la diversité des personnages et des situations qu'il met en scène, il dresse un véritable panorama de la société française à la fin du XIXe siècle. Dans la préface de son roman *Pierre et Jean*, Maupassant expose son projet, celui de représenter le monde de façon réaliste, pour tenter de donner l'illusion de la réalité concrète : « Le réaliste, s'il est un artiste, cherchera, non pas à nous montrer la photographie banale de la vie, mais à nous en donner la vision plus complète, plus saisissante, plus probante que la réalité même. » C'est sans doute dans l'écriture des nouvelles que Maupassant atteint cet objectif. En effet, la nouvelle, genre bref, exige que l'écrivain fasse des choix : à la profusion des détails permettant de décrire la réalité se substituent des allusions évocatrices. La vision de l'auteur devient plus vraie que la réalité.

Les quatre nouvelles de ce recueil se déroulent à Paris. Dans un décor à peine esquissé, les destinées des personnages illustrent l'importance du thème de l'argent. Maupassant peint un monde capitaliste en plein développement qui a donné naissance à la société dans laquelle nous vivons aujourd'hui.

La Parure[1]

C'était une de ces jolies et charmantes filles, nées, comme par une erreur du destin, dans une famille d'employés. Elle n'avait pas de dot, pas d'espérances[2], aucun moyen d'être connue, comprise, aimée, épousée par un homme riche et distingué ; et elle se laissa marier avec un petit commis[3] du ministère de l'Instruction publique.

Elle fut simple ne pouvant être parée[4], mais malheureuse comme une déclassée[5] ; car les femmes n'ont point de caste[6] ni de race, leur beauté, leur grâce et leur charme leur servant de naissance et de famille. Leur finesse native[7], leur instinct d'élégance, leur souplesse d'esprit, sont leur seule hiérarchie, et font des filles du peuple les égales des plus grandes dames.

Elle souffrait sans cesse, se sentant née pour toutes les délicatesses et tous les luxes. Elle souffrait de la pauvreté de son logement, de la misère des murs, de l'usure des sièges, de la laideur des étoffes. Toutes ces choses, dont une autre femme de sa caste ne

---

1. Parure : ensemble de bijoux.
2. Dot : somme d'argent ou biens qu'une femme apportait à son époux lors de son mariage ; **espérances** : héritages à venir.
3. Commis : employé de bureau, auquel sont confiées des tâches de secrétariat.
4. Parée : mise en valeur par de belles tenues et par des bijoux.
5. Déclassée : personne qui a perdu un rang social élevé.
6. Caste : classe de la société à laquelle on ne peut accéder autrement que par la naissance.
7. Finesse native : délicatesse innée, de naissance.

se serait même pas aperçue, la torturaient et l'indignaient. La vue de la petite Bretonne qui faisait son humble ménage éveillait en elle des regrets désolés et des rêves éperdus[1]. Elle songeait aux antichambres muettes, capitonnées avec des tentures orientales, éclairées par de hautes torchères[2] de bronze, et aux deux grands valets en culotte courte[3] qui dorment dans les larges fauteuils, assoupis par la chaleur lourde du calorifère[4]. Elle songeait aux grands salons vêtus de soie ancienne, aux meubles fins portant des bibelots inestimables[5], et aux petits salons coquets, parfumés, faits pour la causerie de cinq heures avec les amis les plus intimes, les hommes connus et recherchés dont toutes les femmes envient et désirent l'attention.

Quand elle s'asseyait, pour dîner, devant la table ronde couverte d'une nappe de trois jours, en face de son mari qui découvrait la soupière en déclarant d'un air enchanté : « Ah ! le bon pot-au-feu ! je ne sais rien de meilleur que cela... » elle songeait aux dîners fins, aux argenteries reluisantes, aux tapisseries peuplant les murailles de personnages anciens et d'oiseaux étranges au milieu d'une forêt de féerie ; elle songeait aux plats exquis servis en des vaisselles merveilleuses, aux galanteries chuchotées et écoutées avec un sourire de sphinx[6], tout en mangeant la chair rose d'une truite ou des ailes de gelinotte[7].

---

1. **Éperdus** : désespérés.
2. **Antichambres** : dans les grandes demeures, pièces précédant les salons et où les visiteurs attendent d'être reçus ; **muettes, capitonnées avec des tentures orientales** : où les bruits sont atténués par les tissus orientaux tendus aux murs ; **torchères** : grands chandeliers.
3. **Culotte courte** : pantalon court.
4. **Calorifère** : appareil de chauffage.
5. **Bibelots inestimables** : petits objets décoratifs de très grande valeur.
6. **Galanteries** : compliments séducteurs ; **de sphinx** : mystérieux (dans la mythologie grecque, le sphinx est une créature ailée à buste de femme et à corps de lion, qui soumet une énigme à ses interlocuteurs).
7. **Gelinotte** : oiseau proche de la perdrix.

Elle n'avait pas de toilettes[1], pas de bijoux, rien. Et elle n'aimait que cela ; elle se sentait faite pour cela. Elle eût tant désiré plaire, être enviée, être séduisante et recherchée.

Elle avait une amie riche, une camarade de couvent[2] qu'elle ne voulait plus aller voir, tant elle souffrait en revenant. Et elle pleurait pendant des jours entiers, de chagrin, de regret, de désespoir et de détresse.

Or, un soir, son mari rentra, l'air glorieux, et tenant à la main une large enveloppe.

« Tiens, dit-il, voici quelque chose pour toi. »

Elle déchira vivement le papier et en tira une carte imprimée qui portait ces mots :

« Le ministre de l'Instruction publique et Mme Georges Ramponneau prient M. et Mme Loisel de leur faire l'honneur de venir passer la soirée à l'hôtel[3] du ministère, le lundi 18 janvier. »

Au lieu d'être ravie, comme l'espérait son mari, elle jeta avec dépit[4] l'invitation sur la table, murmurant :

« Que veux-tu que je fasse de cela ?

– Mais, ma chérie, je pensais que tu serais contente. Tu ne sors jamais, et c'est une occasion, cela, une belle ! J'ai eu une peine infinie à l'obtenir. Tout le monde en veut ; c'est très recherché et on n'en donne pas beaucoup aux employés. Tu verras là tout le monde officiel[5]. »

Elle le regardait d'un œil irrité[6], et elle déclara avec impatience :

« Que veux-tu que je me mette sur le dos pour aller là ? »

---

1. **Toilettes** : belles tenues.
2. **Couvent** : lieu tenu par des religieuses, auxquelles était souvent confiée l'éducation des jeunes filles.
3. **Hôtel** : bâtiment officiel vaste et somptueux.
4. **Dépit** : mouvement de colère.
5. **Tout le monde officiel** : toutes les personnes haut placées dans l'administration de l'État.
6. **Irrité** : agacé.

Il n'y avait pas songé ; il balbutia[1] :

« Mais la robe avec laquelle tu vas au théâtre. Elle me semble très bien, à moi… »

Il se tut, stupéfait, éperdu, en voyant que sa femme pleurait. Deux grosses larmes descendaient lentement des coins des yeux vers les coins de la bouche ; il bégaya :

« Qu'as-tu ? qu'as-tu ? »

Mais, par un effort violent, elle avait dompté sa peine et elle répondit d'une voix calme en essuyant ses joues humides :

« Rien. Seulement je n'ai pas de toilette et par conséquent je ne peux aller à cette fête. Donne ta carte à quelque collègue dont la femme sera mieux nippée[2] que moi. »

Il était désolé. Il reprit :

« Voyons, Mathilde. Combien cela coûterait-il, une toilette convenable, qui pourrait te servir encore en d'autres occasions, quelque chose de très simple ? »

Elle réfléchit quelques secondes, établissant ses comptes et songeant aussi à la somme qu'elle pouvait demander sans s'attirer un refus immédiat et une exclamation effarée[3] du commis économe.

Enfin, elle répondit en hésitant :

« Je ne sais pas au juste, mais il me semble qu'avec quatre cents francs je pourrais arriver. »

Il avait un peu pâli, car il réservait juste cette somme pour acheter un fusil et s'offrir des parties de chasse, l'été suivant, dans la plaine de Nanterre, avec quelques amis qui allaient tirer des alouettes[4], par là, le dimanche.

Il dit cependant :

« Soit. Je te donne quatre cents francs. Mais tâche d'avoir une belle robe. »

---

1. **Balbutia** : bafouilla.
2. **Nippée** : habillée (familier).
3. **Effarée** : épouvantée.
4. **Tirer des alouettes** : chasser l'alouette, un petit oiseau.

Le jour de la fête approchait, et Mme Loisel semblait triste, inquiète, anxieuse. Sa toilette était prête cependant. Son mari lui dit un soir:

« Qu'as-tu ? Voyons, tu es toute drôle depuis trois jours. »

Et elle répondit:

« Cela m'ennuie de n'avoir pas un bijou, pas une pierre, rien à mettre sur moi. J'aurai l'air misère comme tout. J'aimerais presque mieux ne pas aller à cette soirée. »

Il reprit:

« Tu mettras des fleurs naturelles. C'est très chic en cette saison-ci. Pour dix francs tu auras deux ou trois roses magnifiques. »

Elle n'était point convaincue.

« Non... il n'y a rien de plus humiliant que d'avoir l'air pauvre au milieu de femmes riches. »

Mais son mari s'écria:

« Que tu es bête ! Va trouver ton amie Mme Forestier et demande-lui de te prêter des bijoux. Tu es bien assez liée avec elle[1] pour faire cela. »

Elle poussa un cri de joie:

« C'est vrai. Je n'y avais point pensé. »

Le lendemain, elle se rendit chez son amie et lui conta sa détresse.

Mme Forestier alla vers son armoire à glace, prit un large coffret, l'apporta, l'ouvrit, et dit à Mme Loisel:

« Choisis, ma chère. »

Elle vit d'abord des bracelets, puis un collier de perles, puis une croix vénitienne[2], or et pierreries, d'un admirable travail. Elle essayait les parures devant la glace, hésitait, ne pouvait se décider à les quitter, à les rendre.

Elle demandait toujours:

---

1. **Liée avec elle**: proche d'elle.
2. **Croix vénitienne**: large croix ornée de pierres précieuses, originaire de Venise.

« Tu n'as plus rien d'autre ?

– Mais si. Cherche. Je ne sais pas ce qui peut te plaire. »

Tout à coup elle découvrit, dans une boîte de satin noir, une superbe rivière de diamants[1] ; et son cœur se mit à battre d'un désir immodéré[2]. Ses mains tremblaient en la prenant. Elle l'attacha autour de sa gorge, sur sa robe montante, et demeura en extase devant elle-même.

Puis, elle demanda, hésitante, pleine d'angoisse :

« Peux-tu me prêter cela, rien que cela ?

– Mais oui, certainement. »

Elle sauta au cou de son amie, l'embrassa avec emportement, puis s'enfuit avec son trésor.

Le jour de la fête arriva. Mme Loisel eut un succès. Elle était plus jolie que toutes, élégante, gracieuse, souriante et folle de joie. Tous les hommes la regardaient, demandaient son nom, cherchaient à être présentés. Tous les attachés du cabinet[3] voulaient valser avec elle. Le ministre la remarqua.

Elle dansait avec ivresse, avec emportement, grisée[4] par le plaisir, ne pensant plus à rien, dans le triomphe de sa beauté, dans la gloire de son succès, dans une sorte de nuage de bonheur fait de tous ces hommages, de toutes ces admirations, de tous ces désirs éveillés, de cette victoire si complète et si douce au cœur des femmes.

Elle partit vers quatre heures du matin. Son mari, depuis minuit, dormait dans un petit salon désert avec trois autres messieurs dont les femmes s'amusaient beaucoup.

Il lui jeta sur les épaules les vêtements qu'il avait apportés pour la sortie, modestes vêtements de la vie ordinaire, dont la pauvreté

---

1. **Rivière de diamants** : collier de diamants.
2. **Immodéré** : excessif.
3. **Attachés du cabinet** : proches conseillers d'une personnalité importante de l'État.
4. **Grisée** : enivrée.

jurait avec l'élégance de la toilette de bal. Elle le sentit et voulut s'enfuir, pour ne pas être remarquée par les autres femmes qui s'enveloppaient de riches fourrures.

Loisel la retenait:

« Attends donc. Tu vas attraper froid dehors. Je vais appeler un fiacre[1]. »

Mais elle ne l'écoutait point et descendait rapidement l'escalier. Lorsqu'ils furent dans la rue, ils ne trouvèrent pas de voiture; et ils se mirent à chercher, criant après les cochers[2] qu'ils voyaient passer de loin.

Ils descendaient vers la Seine, désespérés, grelottants. Enfin ils trouvèrent sur le quai un de ces vieux coupés noctambules[3] qu'on ne voit dans Paris que la nuit venue, comme s'ils eussent été honteux de leur misère pendant le jour.

Il les ramena jusqu'à leur porte, rue des Martyrs, et ils remontèrent tristement chez eux. C'était fini, pour elle. Et il songeait, lui, qu'il lui faudrait être au ministère à dix heures.

Elle ôta les vêtements dont elle s'était enveloppé les épaules, devant la glace, afin de se voir encore une fois dans sa gloire. Mais soudain elle poussa un cri. Elle n'avait plus sa rivière autour du cou!

Son mari, à moitié dévêtu déjà, demanda:

« Qu'est-ce que tu as? »

Elle se tourna vers lui, affolée:

« J'ai... j'ai... je n'ai plus la rivière de Mme Forestier. »

Il se dressa, éperdu:

« Quoi!... comment!... Ce n'est pas possible! »

Et ils cherchèrent dans les plis de la robe, dans les plis du manteau, dans les poches, partout. Ils ne la trouvèrent point.

Il demandait:

---

1. **Fiacre**: voiture à cheval avec cocher, louée à la course ou à l'heure.
2. **Cochers**: conducteurs de voitures à cheval.
3. **Coupés**: voitures à cheval pouvant transporter deux passagers; **noctambules**: qui roulent la nuit.

« Tu es sûre que tu l'avais encore en quittant le bal ?

– Oui, je l'ai touchée dans le vestibule[1] du ministère.

– Mais, si tu l'avais perdue dans la rue, nous l'aurions entendue tomber. Elle doit être dans le fiacre.

– Oui. C'est probable. As-tu pris le numéro ?

– Non. Et toi, tu ne l'as pas regardé ?

– Non. »

Ils se contemplaient atterrés[2]. Enfin Loisel se rhabilla.

« Je vais, dit-il, refaire tout le trajet que nous avons fait à pied, pour voir si je ne la retrouverai pas. »

Et il sortit. Elle demeura en toilette de soirée, sans force pour se coucher, abattue sur une chaise, sans feu, sans pensée.

Son mari rentra vers sept heures. Il n'avait rien trouvé.

Il se rendit à la préfecture de Police, aux journaux, pour faire promettre une récompense, aux compagnies de petites voitures, partout enfin où un soupçon d'espoir le poussait.

Elle attendit tout le jour, dans le même état d'effarement[3] devant cet affreux désastre.

Loisel revint le soir, avec la figure creusée, pâlie ; il n'avait rien découvert.

« Il faut, dit-il, écrire à ton amie que tu as brisé la fermeture de sa rivière et que tu la fais réparer. Cela nous donnera le temps de nous retourner. »

Elle écrivit sous sa dictée.

Au bout d'une semaine, ils avaient perdu toute espérance.

Et Loisel, vieilli de cinq ans, déclara :

« Il faut aviser à[4] remplacer ce bijou. »

1. **Vestibule** : pièce d'entrée.
2. **Atterrés** : consternés.
3. **Effarement** : stupéfaction, ahurissement.
4. **Aviser à** : réfléchir au moyen de.

Ils prirent, le lendemain, la boîte qui l'avait renfermé, et se rendirent chez le joaillier[1], dont le nom se trouvait dedans. Il consulta ses livres :

« Ce n'est pas moi, madame, qui ai vendu cette rivière ; j'ai dû seulement fournir l'écrin[2]. »

Alors ils allèrent de bijoutier en bijoutier, cherchant une parure pareille à l'autre, consultant leurs souvenirs, malades tous deux de chagrin et d'angoisse.

Ils trouvèrent, dans une boutique du Palais Royal, un chapelet[3] de diamants qui leur parut entièrement semblable à celui qu'ils cherchaient. Il valait quarante mille francs. On le leur laisserait à trente-six mille.

Ils prièrent donc le joaillier de ne pas le vendre avant trois jours. Et ils firent condition qu'on le reprendrait, pour trente-quatre mille francs, si le premier était retrouvé avant la fin de février.

Loisel possédait dix-huit mille francs que lui avait laissés son père. Il emprunterait le reste.

Il emprunta, demandant mille francs à l'un, cinq cents à l'autre, cinq louis[4] par-ci, trois louis par-là. Il fit des billets[5], prit des engagements ruineux, eut affaire aux usuriers[6], à toutes les races de prêteurs. Il compromit[7] toute la fin de son existence, risqua sa signature sans savoir même s'il pourrait y faire honneur[8], et, épouvanté par les angoisses de l'avenir, par la noire misère qui allait s'abattre sur lui, par la perspective de toutes les privations physiques et de toutes les tortures morales, il alla chercher la rivière nouvelle, en déposant sur le comptoir du marchand trente-six mille francs.

---

1. **Joaillier** : bijoutier.
2. **Écrin** : étui, boîte utilisée pour ranger des bijoux.
3. **Chapelet** : chaîne que l'on fait glisser entre ses doigts en récitant des prières.
4. **Louis** : pièces d'or.
5. **Billets** : écrits par lesquels un emprunteur s'engage à rembourser une somme prêtée.
6. **Usuriers** : personnes prêtant de l'argent à des taux très élevés.
7. **Compromit** : mit en danger.
8. **Y faire honneur** : tenir ses engagements, rembourser.

Quand Mme Loisel reporta la parure à Mme Forestier, celle-ci lui dit, d'un air froissé[1] :

« Tu aurais dû me la rendre plus tôt, car, je pouvais en avoir besoin. »

Elle n'ouvrit pas l'écrin, ce que redoutait son amie. Si elle s'était aperçue de la substitution, qu'aurait-elle pensé ? qu'aurait-elle dit ? Ne l'aurait-elle pas prise pour une voleuse ?

Mme Loisel connut la vie horrible des nécessiteux[2]. Elle prit son parti[3], d'ailleurs, tout d'un coup, héroïquement. Il fallait payer cette dette effroyable. Elle payerait. On renvoya la bonne ; on changea de logement ; on loua sous les toits une mansarde[4].

Elle connut les gros travaux du ménage, les odieuses besognes de la cuisine. Elle lava la vaisselle, usant ses ongles roses sur les poteries grasses et le fond des casseroles. Elle savonna le linge sale, les chemises et les torchons, qu'elle faisait sécher sur une corde ; elle descendit à la rue, chaque matin, les ordures, et monta l'eau, s'arrêtant à chaque étage pour souffler. Et, vêtue comme une femme du peuple, elle alla chez le fruitier, chez l'épicier, chez le boucher, le panier au bras, marchandant, injuriée, défendant sou à sou son misérable argent.

Il fallait chaque mois payer des billets[5], en renouveler d'autres, obtenir du temps.

Le mari travaillait, le soir, à mettre au net[6] les comptes d'un commerçant, et la nuit, souvent, il faisait de la copie à cinq sous la page.

Et cette vie dura dix ans.

---

1. **Froissé** : vexé, un peu fâché.
2. **Nécessiteux** : pauvres.
3. **Prit son parti** : se résigna.
4. **Mansarde** : chambre située sous les toits, et qui était réservée aux domestiques.
5. **Payer des billets** : rembourser des dettes.
6. **Mettre au net** : tenir, mettre à jour.

Au bout de dix ans, ils avaient tout restitué, tout, avec le taux de l'usure[1], et l'accumulation des intérêts superposés.

Mme Loisel semblait vieille, maintenant. Elle était devenue la femme forte, et dure, et rude, des ménages[2] pauvres. Mal peignée, avec les jupes de travers et les mains rouges, elle parlait haut, lavait à grande eau les planchers. Mais parfois, lorsque son mari était au bureau, elle s'asseyait auprès de la fenêtre, et elle songeait à cette soirée d'autrefois, à ce bal, où elle avait été si belle et si fêtée.

Que serait-il arrivé si elle n'avait point perdu cette parure? Qui sait? qui sait? Comme la vie est singulière, changeante! Comme il faut peu de chose pour vous perdre ou vous sauver!

Or, un dimanche, comme elle était allée faire un tour aux Champs-Élysées pour se délasser des besognes de la semaine, elle aperçut tout à coup une femme qui promenait un enfant. C'était Mme Forestier, toujours jeune, toujours belle, toujours séduisante.

Mme Loisel se sentit émue. Allait-elle lui parler? Oui, certes. Et maintenant qu'elle avait payé, elle lui dirait tout. Pourquoi pas?

Elle s'approcha.

« Bonjour, Jeanne. »

L'autre ne la reconnaissait point, s'étonnant d'être appelée ainsi familièrement par cette bourgeoise[3]. Elle balbutia:

« Mais… madame!… Je ne sais… Vous devez vous tromper.

– Non. Je suis Mathilde Loisel. »

Son amie poussa un cri:

« Oh!… ma pauvre Mathilde, comme tu es changée!…

– Oui, j'ai eu des jours bien durs, depuis que je ne t'ai vue; et bien des misères… et cela à cause de toi!…

---

1. **Taux de l'usure**: taux d'intérêt qui augmente la somme à rembourser.
2. **Ménages**: couples, foyers.
3. **Bourgeoise**: ici, femme du peuple (péjoratif).

– De moi… Comment ça ?

– Tu te rappelles bien cette rivière de diamants que tu m'as prêtée pour aller à la fête du ministère.

– Oui. Eh bien ?

– Eh bien, je l'ai perdue.

– Comment ! puisque tu me l'as rapportée.

– Je t'en ai rapporté une autre toute pareille. Et voilà dix ans que nous la payons. Tu comprends que ça n'était pas aisé pour nous, qui n'avions rien… Enfin c'est fini, et je suis rudement contente. »

Mme Forestier s'était arrêtée.

« Tu dis que tu as acheté une rivière de diamants pour remplacer la mienne ?

– Oui. Tu ne t'en étais pas aperçue, hein ? Elles étaient bien pareilles. »

Et elle souriait d'une joie orgueilleuse et naïve.

Mme Forestier, fort émue, lui prit les deux mains.

« Oh ! ma pauvre Mathilde ! Mais la mienne était fausse. Elle valait au plus cinq cents francs !… »

Arrêt sur lecture 1

Un quiz pour commencer

Cochez les bonnes réponses.

❶ *Pourquoi Mathilde n'est-elle pas heureuse ?*

- ❒ Parce qu'elle a dû renoncer à son amour de jeunesse.
- ❒ Parce qu'elle aurait aimé être riche.
- ❒ Parce qu'elle souffre de l'avarice de son époux.

❷ ***Pourquoi Mathilde refuse-t-elle d'abord de se rendre à la soirée du ministère ?***

- ❒ Parce qu'elle ne possède pas de tenue suffisamment élégante.
- ❒ Parce qu'elle craint d'y croiser une ancienne amie avec laquelle elle est brouillée.
- ❒ Parce qu'elle ne veut pas être vue en compagnie de son époux.

❸ *Qu'emprunte Mathilde à son amie Mme Forestier ?*

- ❒ Une robe de soirée.
- ❒ Un manteau.
- ❒ Une rivière de diamants.

❹ ***Quand Mathilde comprend-elle qu'elle a perdu l'objet prêté ?***

- ❒ Au ministère, au moment de quitter le bal.
- ❒ Après le bal, dans le fiacre qui la raccompagne.
- ❒ Une fois arrivée chez elle, lorsqu'elle se déshabille.

❺ ***Comment M. Loisel réagit-il à la perte de cet objet ?***

- ❒ Il se met en colère contre son épouse.
- ❒ Il cherche en vain à le retrouver puis emprunte de l'argent pour le remplacer.
- ❒ Il s'enfuit et abandonne Mathilde.

❻ ***Combien de temps les Loisel mettent-ils à rembourser leurs dettes ?***

- ❒ Trois ans.
- ❒ Dix ans.
- ❒ Tout le reste de leur vie.

❼ ***Pourquoi Jeanne Forestier ne reconnaît-elle pas Mathilde ?***

- ❒ Parce que Mathilde porte une robe de bal.
- ❒ Parce que Mathilde tient un enfant par la main.
- ❒ Parce que Mathilde a vieilli et ressemble à une femme du peuple.

❽ ***Que révèle Mme Forestier à Mathilde ?***

- ❒ Que la véritable parure avait été retrouvée quelques jours après la fête.
- ❒ Qu'elle aurait pardonné à Mathilde si celle-ci ne lui avait pas rapporté l'objet emprunté.
- ❒ Que le collier était fait de faux diamants.

Des questions pour aller plus loin

☛ Définir les caractéristiques d'une nouvelle

Une héroïne malheureuse

❶ Relevez dans le récit les différents passages évoquant l'apparence physique de Mme Loisel : que constatez-vous ? À quel moment le lecteur découvre-t-il le prénom de Mathilde ? Quel est l'effet produit ?
❷ Des lignes 13 à 45, quelles expressions soulignent l'intensité de la souffrance de Mme Loisel ? Commentez les termes employés.
❸ Comment Mathilde tente-t-elle d'oublier sa frustration ? Appuyez-vous sur la répétition d'un verbe (l. 19-38) pour répondre.
❹ Quelle est la valeur du présent dans le deuxième paragraphe de la nouvelle ? Commentez les premiers mots du récit et le passage du singulier au pluriel dans les lignes 7 à 12 : le cas de Mathilde est-il présenté comme exceptionnel ?
❺ Relevez les motifs de mécontentement successifs de Mathilde après que son époux lui a transmis l'invitation à la soirée. Que pensez-vous de l'attitude de la jeune femme ? Comment M. Loisel réagit-il ?

Une intrigue resserrée

❻ Quelles sont les différentes étapes du récit ? Délimitez-les et donnez un titre à chacune d'elles.
❼ Des lignes 39 à 50, expliquez comment l'emploi des temps verbaux souligne le surgissement d'un événement majeur dans la vie des Loisel.
❽ Montrez qu'une longue période de l'histoire est racontée en peu de mots aux lignes 243 à 262. Quel est l'effet produit ?

La destinée tragique des personnages

❾ Quels sentiments la vision des bijoux de son amie suscite-t-elle chez Mathilde (l. 119-135) ? Relevez deux hyperboles et montrez que le narrateur adopte le point de vue de la jeune femme.

❿ Quel procédé de construction et quel type de vocabulaire traduisent l'ivresse de Mathilde lors du bal (l. 136-146) ? Comment la brutalité du retour à la réalité est-elle ensuite soulignée ?

⓫ Comparez le portrait de Mathilde (l. 265-271) à la description de sa vie quotidienne au début de la nouvelle (l. 1-45). Que constatez-vous ?

⓬ Selon vous, qui a causé la destinée des Loisel ? Justifiez votre réponse.

Une chute brutale et surprenante

⓭ Quel effet la révélation de Mme Forestier produit-elle (l. 302-310) ? Quels indices discrets auraient pu alerter le lecteur au fil du récit ?

⓮ **Lecture d'image** Comment pourriez-vous caractériser la femme représentée sur le tableau de Jean Béraud reproduit en couverture ? Quel passage de la nouvelle cette toile peut-elle illustrer ? Justifiez votre réponse.

⓯ En quoi est-il contradictoire que le bal ait provoqué la chute sociale des Loisel ? De quel conte de fées la nouvelle semble-t-elle être l'inversion ?

⓰ La réaction de Mathilde découvrant la vérité est-elle racontée ? Pour quelle raison, selon vous ?

> *Rappelez-vous !*
> Une nouvelle est un **récit bref**, mettant en scène un nombre de personnages limité. L'intrigue est resserrée : seules sont racontées les principales étapes de l'histoire. La fin, appelée « **chute** », est souvent inattendue et brutale, proche d'un coup de théâtre, comme dans *La Parure*. Certains indices pouvaient toutefois la laisser présager au fil du texte. La fin d'une nouvelle est souvent ouverte : elle laisse au lecteur la possibilité d'imaginer une suite au récit.

De la lecture à l'écriture

Des mots pour mieux écrire

❶ ***Complétez chacune des phrases suivantes à l'aide des mots qui conviennent et accordez-les si nécessaire :*** atterré, exquis, effroyable, orgueilleux.

a. Mathilde est ____________ et ne veut pas être moins élégante que les autres femmes du bal.
b. Les mets servis chez Mme Forestier sont toujours ____________.
c. Comprenant qu'il leur faudra rembourser la parure perdue, M. et Mme Loisel sont ____________.
d. La nouvelle vie de Mathilde semble ____________ à Mme Forestier.

❷ ***Retrouvez l'intrus qui s'est glissé dans chacune des listes suivantes, puis dites à quel champ lexical correspond chacune d'elles.***

a. Dot, héritage, succession, démission, fortune, biens.
b. Délicatesse, distingué, finesse, luxe, sophistiqué, méprisant.
c. Regret, rêverie, amertume, frustration, désillusion, désespoir.

À vous d'écrire

❶ De retour chez elle, Mme Forestier écrit une lettre à une amie pour lui raconter sa rencontre avec Mathilde et lui faire part de son étonnement. Rédigez cette lettre.
Consigne. Respectez les règles de présentation d'une lettre intime. Employez le champ lexical de la surprise et appuyez-vous également sur le vocabulaire de l'exercice 1. Veillez à utiliser une ponctuation expressive.

❷ Après son entrevue avec Mme Forestier, Mathilde rentre chez elle et rapporte leur conversation à son époux. Rédigez leur dialogue.
Consigne. Le dialogue, d'une vingtaine de lignes, sera précédé d'une courte introduction évoquant l'état d'esprit de Mathilde durant le trajet qui la mène chez elle. Vous veillerez ensuite à respecter la présentation d'un dialogue. Employez des verbes de parole variés afin d'exprimer la réaction de M. Loisel.

Du texte à l'image

Histoire des arts

Jean Béraud, *Une soirée*, huile sur toile, 1878.
Gustave Caillebotte, *Intérieur, femme à la fenêtre*, huile sur toile, 1880.
➡ Images reproduites en début et en fin d'ouvrage, au verso de la couverture.

Lire l'image

❶ Décrivez les deux toiles de façon organisée puis comparez-les (décor, couleurs dominantes, mouvement, atmosphère dégagée).
❷ Sur le tableau de Jean Béraud, observez les postures des différents personnages et le placement des éléments de décor, puis montrez qu'il pourrait s'agir d'une photographie prise sur le vif. Quel est l'effet produit sur le spectateur ?
❸ Dans le tableau de Gustave Caillebotte, comment l'absence de communication au sein du couple est-elle traduite ? Que semble apprécier ou espérer chacun des personnages ? Observez leur posture pour répondre.

Comparer le texte et l'image

❹ Quel passage de la nouvelle la toile de Jean Béraud peut-elle illustrer ? Relevez les expressions du texte auquel elle peut faire écho.
❺ En quoi le couple peint par Gustave Caillebotte rappelle-t-il celui que forment M. et Mme Loisel dans *La Parure* ? Citez un extrait de la nouvelle auquel le tableau peut faire penser.
❻ Selon vous, ces tableaux représentent-ils le réel de façon plus ou moins précise et détaillée que la nouvelle de Maupassant ?

À vous de créer

❼ Rendez-vous sur le site du musée d'Orsay : **www.musee-orsay.fr.** Cliquez sur l'onglet « Collections » puis sur « Catalogue des œuvres », et cherchez d'autres tableaux représentant un bal.
– Choisissez l'une de ces toiles et comparez-la au tableau de Jean Béraud.
– Rédigez un texte d'une vingtaine de lignes dans lequel vous détaillerez les points communs et les différences entre les deux œuvres. Vous conclurez en expliquant quel tableau a votre préférence et pourquoi.
❽ Imaginez les pensées du personnage féminin du tableau de Gustave Caillebotte. Appuyez-vous sur sa posture par rapport à son époux et sur ce qu'elle regarde.

Le Parapluie

À Camille Oudinot[1]

Mme Oreille était économe. Elle savait la valeur d'un sou et possédait un arsenal[2] de principes sévères sur la multiplication de l'argent. Sa bonne, assurément, avait grand mal à faire danser l'anse du panier[3] ; et M. Oreille n'obtenait sa monnaie de poche qu'avec une extrême difficulté. Ils étaient à leur aise[4], pourtant, et sans enfants ; mais Mme Oreille éprouvait une vraie douleur à voir les pièces blanches[5] sortir de chez elle. C'était comme une déchirure pour son cœur ; et, chaque fois qu'il lui avait fallu faire une dépense de quelque importance, bien qu'indispensable, elle dormait fort mal la nuit suivante.

Oreille répétait sans cesse à sa femme :

« Tu devrais avoir la main plus large, puisque nous ne mangeons jamais[6] nos revenus. »

Elle répondait :

« On ne sait jamais ce qui peut arriver. Il vaut mieux avoir plus que moins. »

---

1. **Camille Oudinot** : auteur de pièces de théâtre et de romans, ami de Maupassant.
2. **Arsenal** : grand ensemble, panoplie.
3. **Faire danser l'anse du panier** : garder pour elle une partie de l'argent confié pour les courses.
4. **À leur aise** : sans problèmes financiers.
5. **Pièces blanches** : pièces en argent.
6. **Ne mangeons jamais** : ne dépensons jamais en totalité.

C'était une petite femme de quarante ans, vive, ridée, propre et souvent irritée.

Son mari, à tout moment, se plaignait des privations qu'elle lui faisait endurer. Il en était certaines qui lui devenaient particulièrement pénibles, parce qu'elles atteignaient sa vanité[1].

Il était commis principal au ministère de la Guerre, demeuré là uniquement pour obéir à sa femme, pour augmenter les rentes[2] inutilisées de la maison.

Or, pendant deux ans, il vint au bureau avec le même parapluie rapiécé[3] qui donnait à rire à ses collègues. Las enfin de leurs quolibets[4], il exigea que Mme Oreille lui achetât un nouveau parapluie. Elle en prit un de huit francs cinquante[5], article de réclame[6] d'un grand magasin. Les employés en apercevant cet objet jeté dans Paris par milliers recommencèrent leurs plaisanteries, et Oreille en souffrit horriblement. Le parapluie ne valait rien. En trois mois, il fut hors de service, et la gaieté devint générale dans le ministère. On fit même une chanson qu'on entendait du matin au soir, du haut en bas de l'immense bâtiment.

Oreille, exaspéré, ordonna à sa femme de lui choisir un nouveau riflard[7], en soie fine, de vingt francs, et d'apporter une facture justificative.

Elle en acheta un de dix-huit francs, et déclara, rouge d'irritation, en le remettant à son époux :

« Tu en as là pour cinq ans au moins. »

Oreille, triomphant, obtint un vrai succès au bureau.

Lorsqu'il rentra le soir, sa femme, jetant un regard inquiet sur le parapluie, lui dit :

---

1. **Vanité** : orgueil, amour-propre.
2. **Rentes** : revenus.
3. **Rapiécé** : réparé à l'aide de morceaux de tissu.
4. **Quolibets** : moqueries.
5. Huit francs cinquante équivalaient à environ vingt-six euros.
6. **De réclame** : en vente à prix réduit, en promotion.
7. **Riflard** : parapluie (familier).

« Tu ne devrais pas le laisser serré avec l'élastique, c'est le moyen de couper la soie. C'est à toi d'y veiller, parce que je ne t'en achèterai pas un de sitôt. »

Elle le prit, dégrafa l'anneau et secoua les plis. Mais elle demeura saisie d'émotion. Un trou rond, grand comme un centime, lui apparut au milieu du parapluie. C'était une brûlure de cigare !

Elle balbutia :

« Qu'est-ce qu'il a ? »

Son mari répondit tranquillement, sans regarder :

« Qui, quoi ? Que veux-tu dire ? »

La colère l'étranglait maintenant ; elle ne pouvait plus parler :

« Tu... tu... tu as brûlé... ton... ton... parapluie. Mais tu... tu... tu es donc fou !... Tu veux nous ruiner ! »

Il se retourna, se sentant pâlir :

« Tu dis ?

– Je dis que tu as brûlé ton parapluie. Tiens !... »

Et, s'élançant vers lui comme pour le battre, elle lui mit violemment sous le nez la petite brûlure circulaire[1].

Il restait éperdu devant cette plaie, bredouillant :

« Ça, ça... qu'est-ce que c'est ? Je ne sais pas, moi ! Je n'ai rien fait, rien, je te le jure. Je ne sais pas ce qu'il a, moi, ce parapluie ? »

Elle criait maintenant :

« Je parie que tu as fait des farces avec lui dans ton bureau, que tu as fait le saltimbanque[2], que tu l'as ouvert pour le montrer. »

Il répondit :

« Je l'ai ouvert une seule fois pour montrer comme il était beau. Voilà tout. Je te le jure. »

Mais elle trépignait de fureur[3], et elle lui fit une de ces scènes conjugales[4] qui rendent le foyer familial plus redoutable pour un homme pacifique qu'un champ de bataille où pleuvent les balles.

---

1. Circulaire : ronde.
2. Tu as fait le saltimbanque : tu t'es donné en spectacle.
3. Elle trépignait de fureur : elle tapait du pied de colère.
4. Scènes conjugales : disputes de couple.

Elle ajusta une pièce avec un morceau de soie coupé sur l'ancien parapluie, qui était de couleur différente ; et, le lendemain, Oreille partit, d'un air humble[1], avec l'instrument raccommodé. Il le posa dans son armoire et n'y pensa plus que comme on pense à quelque mauvais souvenir.

Mais, à peine fut-il rentré, le soir, sa femme lui saisit son parapluie dans les mains, l'ouvrit pour constater son état, et demeura suffoquée[2] devant un désastre irréparable. Il était criblé de petits trous provenant évidemment de brûlures, comme si on eût vidé dessus la cendre d'une pipe allumée. Il était perdu, perdu sans remède.

Elle contemplait cela sans dire un mot, trop indignée pour qu'un son pût sortir de sa gorge. Lui aussi, il constatait le dégât et il restait stupide, épouvanté, consterné[3].

Puis ils se regardèrent ; puis il baissa les yeux ; puis il reçut par la figure l'objet crevé qu'elle lui jetait ; puis elle cria, retrouvant sa voix dans un emportement de fureur :

« Ah ! canaille[4] ! canaille ! Tu en as fait exprès[5] ! Mais tu me le payeras ! Tu n'en auras plus… »

Et la scène recommença. Après une heure de tempête, il put enfin s'expliquer. Il jura qu'il n'y comprenait rien ; que cela ne pouvait provenir que de malveillance[6] ou de vengeance.

Un coup de sonnette le délivra. C'était un ami qui devait dîner chez eux.

Mme Oreille lui soumit le cas[7]. Quant à acheter un nouveau parapluie, c'était fini, son mari n'en aurait plus.

L'ami argumenta avec raison[8] :

---

1. **Un air humble** : un air soumis.
2. **Suffoquée** : le souffle coupé par la colère.
3. **Stupide** : stupéfait ; **consterné** : accablé.
4. **Canaille** : personne malhonnête et méprisable.
5. **Tu en as fait exprès** : tu l'as fait exprès.
6. **Malveillance** : volonté de nuire.
7. **Lui soumit le cas** : lui demanda son avis.
8. **Raison** : sagesse.

« Alors, madame, il perdra[1] ses habits, qui valent certes davantage. »

La petite femme, toujours furieuse, répondit :

« Alors, il prendra un parapluie de cuisine[2], je ne lui en donnerai pas un nouveau en soie. »

À cette pensée, Oreille se révolta.

« Alors je donnerai ma démission, moi ! Mais je n'irai pas au ministère avec un parapluie de cuisine. »

L'ami reprit :

« Faites recouvrir[3] celui-là, ça ne coûte pas très cher. »

Mme Oreille exaspérée balbutiait :

« Il faut au moins huit francs pour le faire recouvrir. Huit francs et dix-huit, cela fait vingt-six ! Vingt-six francs pour un parapluie, mais c'est de la folie ! c'est de la démence[4] ! »

L'ami, bourgeois[5] pauvre, eut une inspiration[6] :

« Faites-le payer par votre assurance. Les compagnies paient les objets brûlés, pourvu que le dégât ait eu lieu dans votre domicile. »

À ce conseil, la petite femme se calma net ; puis, après une minute de réflexion, elle dit à son mari :

« Demain, avant de te rendre à ton ministère, tu iras dans les bureaux de *La Maternelle*[7] faire constater l'état de ton parapluie et réclamer le payement. »

M. Oreille eut un soubresaut[8].

« Jamais de la vie je n'oserai ! C'est dix-huit francs de perdus, voilà tout. Nous n'en mourrons pas. »

---

1. **Perdra** : abîmera, à cause de la pluie.
2. **De cuisine** : de mauvaise qualité.
3. **Recouvrir** : réparer en changeant le tissu.
4. **Démence** : folie.
5. **Bourgeois** : membre de la classe moyenne jouissant habituellement d'une situation aisée.
6. **Inspiration** : idée.
7. ***La Maternelle*** : nom de la compagnie d'assurances.
8. **Soubresaut** : sursaut.

Et il sortit le lendemain avec une canne. Il faisait beau heureusement.

Restée seule à la maison, Mme Oreille ne pouvait se consoler de la perte de ses dix-huit francs. Elle avait le parapluie sur la table de la salle à manger, et elle tournait autour, sans parvenir à prendre une résolution.

La pensée de l'assurance lui revenait à tout instant, mais elle n'osait pas non plus affronter les regards railleurs[1] des messieurs qui la recevraient, car elle était timide devant le monde[2], rougissant pour un rien, embarrassée[3] dès qu'il lui fallait parler à des inconnus.

Cependant le regret des dix-huit francs la faisait souffrir comme une blessure. Elle n'y voulait plus songer, et sans cesse le souvenir de cette perte la martelait[4] douloureusement. Que faire cependant ? Les heures passaient ; elle ne se décidait à rien. Puis, tout à coup, comme les poltrons qui deviennent crânes[5], elle prit sa résolution.

« J'irai, et nous verrons bien ! »

Mais il lui fallait d'abord préparer le parapluie pour que le désastre fût complet et la cause facile à soutenir[6]. Elle prit une allumette sur la cheminée et fit, entre les baleines[7], une grande brûlure, large comme la main ; puis elle roula délicatement ce qui restait de la soie, la fixa avec le cordelet[8] élastique, mit son châle et son chapeau, et descendit d'un pied pressé vers la rue de Rivoli où se trouvait l'assurance.

Mais, à mesure qu'elle approchait, elle ralentissait le pas. Qu'allait-elle dire ? Qu'allait-on lui répondre ?

---

1. **Railleurs** : moqueurs.
2. **Devant le monde** : en public.
3. **Embarrassée** : gênée.
4. **La martelait** : la frappait à coups répétés, l'obsédait.
5. **Comme les poltrons qui deviennent crânes** : comme les lâches qui deviennent audacieux.
6. **Soutenir** : défendre, argumenter.
7. **Baleines** : tiges flexibles d'un parapluie.
8. **Cordelet** : petit cordon.

Elle regardait les numéros des maisons. Elle en avait encore vingt-huit. Très bien ! elle pouvait réfléchir. Elle allait de moins en moins vite. Soudain elle tressaillit[1]. Voici la porte, sur laquelle brille en lettres d'or : « *La Maternelle*, Compagnie d'assurances contre l'incendie. » Déjà ! Elle s'arrêta une seconde, anxieuse, honteuse, puis passa, puis revint, puis passa de nouveau, puis revint encore.

Elle se dit enfin :

« Il faut y aller, pourtant. Mieux vaut plus tôt que plus tard. »

Mais, en pénétrant dans la maison, elle s'aperçut que son cœur battait.

Elle entra dans une vaste pièce avec des guichets tout autour ; et, par chaque guichet, on apercevait une tête d'homme dont le corps était masqué par un treillage[2].

Un monsieur parut, portant des papiers. Elle s'arrêta et, d'une petite voix timide :

« Pardon, monsieur, pourriez-vous me dire où il faut s'adresser pour se faire rembourser les objets brûlés ? »

Il répondit, avec un timbre[3] sonore :

« Premier, à gauche. Au bureau des sinistres[4]. »

Ce mot l'intimida davantage encore ; et elle eut envie de se sauver, de ne rien dire, de sacrifier ses dix-huit francs. Mais à la pensée de cette somme, un peu de courage lui revint, et elle monta, essoufflée, s'arrêtant à chaque marche.

Au premier, elle aperçut une porte, elle frappa. Une voix claire cria :

« Entrez ! »

Elle entra, et se vit dans une grande pièce où trois messieurs, debout, décorés, solennels[5], causaient.

---

1. **Tressaillit** : sursauta.
2. **Treillage** : grillage.
3. **Timbre** : voix.
4. **Sinistres** : accidents pour lesquels une assurance offre réparation.
5. **Décorés** : portant des décorations, médailles reçues en récompense de leurs actions politiques ou militaires ; **solennels** : graves, sérieux.

Un d'eux lui demanda:

« Que désirez-vous, madame? »

Elle ne trouvait plus ses mots, elle bégaya:

« Je viens… je viens… pour… pour un sinistre. »

Le monsieur, poli, montra un siège.

« Donnez-vous la peine de vous asseoir, je suis à vous dans une minute. »

Et, retournant vers les deux autres, il reprit la conversation.

« La Compagnie, messieurs, ne se croit pas engagée envers vous pour plus de quatre cent mille francs. Nous ne pouvons admettre vos revendications[1] pour les cent mille francs que vous prétendez nous faire payer en plus. L'estimation d'ailleurs… »

Un des deux autres l'interrompit:

« Cela suffit, monsieur, les tribunaux[2] décideront. Nous n'avons plus qu'à nous retirer. »

Et ils sortirent après plusieurs saluts cérémonieux[3].

Oh! si elle avait osé partir avec eux, elle l'aurait fait; elle aurait fui, abandonnant tout! Mais le pouvait-elle? Le monsieur revint et, s'inclinant:

« Qu'y a-t-il pour votre service, madame? »

Elle articula péniblement:

« Je viens pour… pour ceci. »

Le directeur baissa les yeux, avec un étonnement naïf[4], vers l'objet qu'elle lui tendait.

Elle essayait, d'une main tremblante, de détacher l'élastique. Elle y parvint après quelques efforts, et ouvrit brusquement le squelette loqueteux[5] du parapluie.

L'homme prononça, d'un ton compatissant[6]:

---

1. **Revendications**: exigences.
2. **Les tribunaux**: la justice.
3. **Cérémonieux**: exagérément polis.
4. **Naïf**: sincère, spontané.
5. **Loqueteux**: déchiré, couvert de lambeaux de tissu.
6. **Compatissant**: compréhensif.

« Il me paraît bien malade. »

Elle déclara avec hésitation :

« Il m'a coûté vingt francs. »

Il s'étonna :

« Vraiment ! Tant que ça ?

– Oui, il était excellent. Je voulais vous faire constater son état.

– Fort bien ; je vois. Fort bien. Mais je ne saisis pas en quoi cela peut me concerner. »

Une inquiétude la saisit. Peut-être cette compagnie-là ne payait-elle pas les menus[1] objets, et elle dit :

« Mais… il est brûlé… »

Le monsieur ne nia pas :

« Je le vois bien. »

Elle restait bouche béante[2], ne sachant plus que dire ; puis, soudain, comprenant son oubli, elle prononça avec précipitation :

« Je suis Mme Oreille. Nous sommes assurés à *La Maternelle* ; et je viens vous réclamer le prix de ce dégât. »

Elle se hâta d'ajouter dans la crainte d'un refus positif[3] :

« Je demande seulement que vous le fassiez recouvrir. »

Le directeur, embarrassé, déclara :

« Mais… madame… nous ne sommes pas marchands de parapluies. Nous ne pouvons nous charger de ces genres de réparations. »

La petite femme sentait l'aplomb[4] lui revenir. Il fallait lutter. Elle lutterait donc ! Elle n'avait plus peur ; elle dit :

« Je demande seulement le prix de la réparation. Je la ferai bien faire moi-même. »

Le monsieur semblait confus[5] :

---

1. **Menus** : de peu de valeur.
2. **Béante** : ouverte.
3. **Positif** : ferme.
4. **Aplomb** : confiance.
5. **Confus** : déconcerté, indécis.

« Vraiment, madame c'est bien peu. On ne nous demande jamais d'indemnité pour des accidents d'une si minime importance. Nous ne pouvons rembourser, convenez-en, les mouchoirs, les gants, les balais, les savates[1], tous les petits objets qui sont exposés chaque jour à subir des avaries[2] par la flamme. »

Elle devint rouge, sentant la colère l'envahir :

« Mais, monsieur, nous avons eu au mois de décembre dernier, un feu de cheminée qui nous a causé au moins pour cinq cents francs de dégâts ; M. Oreille n'a rien réclamé à la compagnie ; aussi il est bien juste aujourd'hui qu'elle me paie mon parapluie ! »

Le directeur, devinant le mensonge, dit en souriant :

« Vous avouerez, madame, qu'il est bien étonnant que M. Oreille, n'ayant rien demandé pour un dégât de cinq cents francs, vienne réclamer une réparation de cinq ou six francs pour un parapluie. »

Elle ne se troubla point et répliqua :

« Pardon, monsieur, le dégât de cinq cents francs concernait la bourse de M. Oreille, tandis que le dégât de dix-huit francs concerne la bourse de Mme Oreille, ce qui n'est pas la même chose. »

Il vit qu'il ne s'en débarrasserait pas et qu'il allait perdre sa journée, et il demanda avec résignation[3] :

« Veuillez me dire alors comment l'accident est arrivé. »

Elle sentit la victoire et se mit à raconter :

« Voilà, monsieur : j'ai dans mon vestibule une espèce de chose en bronze où l'on pose les parapluies et les cannes. L'autre jour donc, en rentrant, je plaçai dedans celui-là. Il faut vous dire qu'il y a juste au-dessus une planchette pour mettre les bougies et les allumettes. J'allonge le bras et je prends quatre allumettes. J'en frotte une ; elle rate. J'en frotte une autre ; elle

1. **Savates** : vieilles pantoufles.
2. **Avaries** : dégâts.
3. **Avec résignation** : renonçant à la convaincre, cédant.

s'allume et s'éteint aussitôt. J'en frotte une troisième ; elle en fait autant. »

Le directeur l'interrompit pour placer un mot d'esprit[1].

« C'étaient donc des allumettes du gouvernement[2] ? »

Elle ne comprit pas, et continua :

« Ça se peut bien. Toujours est-il que la quatrième prit feu et j'allumai ma bougie ; puis je rentrai dans ma chambre pour me coucher. Mais au bout d'un quart d'heure, il me sembla qu'on sentait le brûlé. Moi j'ai toujours peur du feu. Oh ! si nous avons jamais un sinistre, ce ne sera pas ma faute ! Surtout depuis le feu de cheminée dont je vous ai parlé, je ne vis pas. Je me relève donc, je sors, je cherche, je sens partout comme un chien de chasse, et je m'aperçois enfin que mon parapluie brûle. C'est probablement une allumette qui était tombée dedans. Vous voyez dans quel état ça l'a mis… »

Le directeur en avait pris son parti ; il demanda :

« À combien estimez-vous le dégât ? »

Elle demeura sans parole, n'osant pas fixer un chiffre. Puis elle dit, voulant être large :

« Faites-le réparer vous-même. Je m'en rapporte à vous. »

Il refusa :

« Non, madame, je ne peux pas. Dites-moi combien vous demandez.

– Mais… il me semble… que… Tenez, monsieur, je ne veux pas gagner sur vous, moi… nous allons faire une chose. Je porterai mon parapluie chez un fabricant qui le recouvrira en bonne soie, en soie durable, et je vous apporterai la facture. Ça vous va-t-il ?

– Parfaitement, madame ; c'est entendu. Voici un mot pour la caisse, qui remboursera votre dépense. »

1. **Mot d'esprit** : trait d'humour.

2. Depuis 1872, seul l'État avait l'autorisation de fabriquer et de vendre des allumettes, et les Français regrettaient les allumettes autrefois importées, réputées de meilleure qualité.

Et il tendit une carte à Mme Oreille, qui la saisit, puis se leva et sortit en remerciant, ayant hâte d'être dehors, de crainte qu'il ne changeât d'avis.

Elle allait maintenant d'un pas gai par la rue, cherchant un marchand de parapluies qui lui parût élégant. Quand elle eut trouvé une boutique d'allure riche, elle entra et dit, d'une voix assurée[1] :

« Voici un parapluie à recouvrir en soie, en très bonne soie. Mettez-y ce que vous avez de meilleur. Je ne regarde pas au prix. »

1. **Assurée** : ferme, pleine d'aplomb.

Arrêt sur lecture 2

Un quiz pour commencer

Cochez les bonnes réponses.

❶ *Quel est le principal trait de caractère de Mme Oreille ?*

- ❒ La jalousie.
- ❒ L'avarice.
- ❒ La paresse.

❷ *Combien de parapluies M. Oreille possède-t-il successivement ?*

- ❒ Trois.
- ❒ Quatre.
- ❒ Cinq.

❸ *Pourquoi le deuxième parapluie doit-il être remplacé ?*

- ❒ Parce que les collègues de M. Oreille l'ont dérobé.
- ❒ Parce que M. Oreille l'a oublié dans le bus.
- ❒ Parce qu'étant de mauvaise qualité, il est rapidement abîmé.

❹ ***Pourquoi M. Oreille exige-t-il un parapluie de bonne qualité ?***

❒ Parce qu'il veut être bien protégé de la pluie.

❒ Parce qu'il veut que son parapluie soit résistant.

❒ Parce qu'il est victime des moqueries de ses collègues.

❺ ***Pour quelle raison le parapluie de soie doit-il être remplacé ?***

❒ Il présente des marques de brûlure.

❒ M. Oreille le juge trop ordinaire.

❒ Un collègue de M. Oreille le lui a dérobé.

❻ ***Que propose un ami pour éviter une dépense supplémentaire au couple ?***

❒ Il peut prêter un parapluie à M. Oreille.

❒ Le couple devrait demander un remboursement à son assureur.

❒ M. Oreille pourrait exiger que son employeur lui fournisse un parapluie.

❼ ***Pourquoi Mme Oreille ment-elle à l'assureur ?***

❒ Parce que l'assurance ne rembourse que les objets ayant brûlé.

❒ Parce qu'elle souhaite également se faire rembourser un chapeau.

❒ Parce que l'assureur affirme que les collègues de M. Oreille doivent rembourser le parapluie.

❽ ***Quel autre mensonge Mme Oreille imagine-t-elle ?***

❒ Elle dit que le manche du parapluie endommagé était en ivoire.

❒ Elle dit que le parapluie endommagé lui a coûté deux cents francs.

❒ Elle prétend qu'elle et son époux n'ont pas demandé à être indemnisés pour un autre sinistre.

Des questions pour aller plus loin

Étudier une nouvelle réaliste

Des personnages ordinaires dans un univers réaliste

❶ Quels sont les différents lieux évoqués dans la nouvelle ? Montrez que le récit se déroule dans un univers citadin.
❷ Selon vous, la description de Mme Oreille aux lignes 17 et 18 souligne-t-elle les qualités ou les défauts du personnage ? Expliquez en commentant le choix des adjectifs.
❸ Comment M. Oreille se comporte-t-il face à son épouse ? Montrez que son attitude alterne entre soumission et révolte.
❹ Comment pourriez-vous qualifier les paroles et le ton de Mme Oreille des lignes 42 à 95 ?
❺ Relevez dans le texte un synonyme familier du mot « parapluie » : à qui l'usage de ce terme pourrait-il être attribué ? Quel est l'effet produit ?
❻ Montrez que chaque étape du récit est déterminée par les mésaventures subies par le(s) parapluie(s). Quelle est la valeur de cet objet ? Qu'en déduisez-vous ?

La peinture des défauts humains

❼ Quels détails du récit soulignent que les précautions prises par Mme Oreille pour gérer les dépenses du ménage sont injustifiées ?
❽ Dans les lignes 138 à 143, relevez une comparaison et une métaphore soulignant l'avarice de Mme Oreille. Que ressent ce personnage à l'idée de perdre de l'argent ?
❾ Quels autres défauts de Mme Oreille apparaissent au fil de la nouvelle ? Appuyez votre réponse sur quelques citations.

⑩ Sur quelle figure de style la remarque à propos de la dispute du couple est-elle fondée (l. 71-73) ? Quelle image le narrateur donne-t-il des relations conjugales ?
⑪ Le narrateur précise-t-il l'origine des dommages subis par le parapluie de M. Oreille ? Qui le lecteur peut-il soupçonner, et grâce à quels indices ?

L'humour du narrateur

⑫ À qui Mme Oreille succède-t-elle dans le bureau du directeur de la compagnie d'assurances ? Quelles sommes sont évoquées à la fin de la conversation qu'elle surprend ? Quel est l'effet produit ?
⑬ Relevez les expressions montrant l'évolution des sentiments de Mme Oreille de la ligne 168 à la fin de la nouvelle. En quoi cette évolution souligne-t-elle le ridicule du personnage ?
⑭ Dans le récit mensonger de Mme Oreille (l. 263-283), quel effet l'accumulation de détails produit-elle ?
⑮ En quoi est-il ironique que le narrateur ait choisi de clore la nouvelle sur la phrase prononcée par Mme Oreille ? Sur quels comportements humains ce récit donne-t-il à réfléchir ?

Rappelez-vous !
Une **nouvelle réaliste** présente des personnages, des lieux et des actions crédibles, que l'on pourrait rencontrer dans la réalité. Les personnages sont souvent des **anti-héros** : ils n'ont pas les qualités extraordinaires des héros traditionnels. Médiocres, ils illustrent la petitesse et la bêtise des hommes. Cette vision pessimiste de l'humanité peut aussi s'avérer, comme dans *Le Parapluie*, source de comique.

De la lecture à l'écriture

Des mots pour mieux écrire

❶ *En vous aidant d'un dictionnaire si nécessaire, complétez chacune des phrases suivantes à l'aide du mot qui convient:* avarice, pingre, parcimonie, mesquin.

a. M. Oreille souffre de l'____________ de son épouse.
b. Cette femme est si ____________ qu'elle refuse d'acheter un nouveau parapluie.
c. Mme Oreille ne dépense son argent qu'avec ____________.
d. Le directeur de la compagnie n'est pas ____________ et accepte de payer la réparation d'un objet sans valeur.

❷ a. *Expliquez la composition du mot «*irréparable*» en précisant le sens du préfixe, celui du radical et celui du suffixe.*
b. *Trouvez deux adjectifs ayant le même préfixe et le même suffixe, et employez chacun d'eux dans une phrase de votre invention.*

À vous d'écrire

❶ Triomphante, Mme Oreille rentre chez elle avec le parapluie réparé aux frais de la compagnie d'assurances. Imaginez, sous forme d'une courte scène théâtrale, le dialogue qui s'ensuit avec son époux. Elle accuse celui-ci de lâcheté, il lui répond en critiquant sa grande avarice.
Consigne. Vous respecterez les règles de présentation d'un texte de théâtre et veillerez à insérer des didascalies. Rédigez environ vingt répliques.

❷ À quelles conséquences certains défauts peuvent-ils mener ? Choisissez un défaut possible et rédigez un texte dans lequel vous mettez votre lecteur en garde contre les souffrances auxquelles il peut conduire.
Consigne. Votre texte, rédigé à la première personne, présentera trois idées. Chacun d'eux sera illustré par un exemple et introduit par un connecteur logique.

Du texte à l'image Histoire des arts

Le Couple, **dessin de Guy de Maupassant, 1870-1893.**

➡ **Image reproduite en fin d'ouvrage, au verso de la couverture.**

Lire l'image

❶ Décrivez précisément la tenue des personnages dessinés par Maupassant. À quelle classe sociale le couple semble-t-il appartenir ?
❷ Quels accessoires indiquent que le couple se trouve à l'extérieur ?

Comparer le texte et l'image

❸ Quel accessoire représenté sur le dessin peut faire écho à un objet mentionné dans la nouvelle ? Retrouvez le passage correspondant.
❹ Comparez l'expression du visage des deux personnages et leur posture : que remarquez-vous ? À quel aspect de la nouvelle cela peut-il vous faire penser ?
❺ Le regard porté sur les personnages de ce dessin vous semble-t-il plutôt bienveillant ou moqueur ? Selon vous, Maupassant donne-t-il la même image de ses protagonistes dans ce croquis et dans la nouvelle ?

À vous de créer

6 Vous êtes chargé(e) de choisir une illustration pour accompagner *Le Parapluie* dans une nouvelle édition.

– Sur Internet, collectez des images de la fin du XIXe siècle : photographies, tableaux (vous pouvez notamment chercher sur le site du musée d'Orsay : **www.musee-orsay.fr**).

– Sélectionnez le document qui vous semble le plus représentatif de la nouvelle, enregistrez-le sur votre ordinateur puis, à l'aide d'un logiciel de traitement de texte, insérez-le dans un nouveau document.

– Sous l'image, rédigez un court paragraphe expliquant votre choix.

La Dot

Personne ne s'étonna du mariage de Me[1] Simon Lebrument avec Mlle Jeanne Cordier. Me Lebrument venait d'acheter l'étude de notaire[2] de Me Papillon ; il fallait, bien entendu, de l'argent pour la payer ; et Mlle Jeanne Cordier avait trois cent mille francs liquides[3], en billets de banque et en titres au porteur[4].

Me Lebrument était un beau garçon, qui avait du chic, un chic notaire, un chic province[5], mais enfin du chic, ce qui était rare à Boutigny-le-Rebours.

Mlle Cordier avait de la grâce et de la fraîcheur, de la grâce un peu gauche[6] et de la fraîcheur un peu fagotée[7] ; mais c'était, en somme, une belle fille désirable et fêtable.

La cérémonie d'épousailles mit tout Boutigny sens dessus dessous.

On admira fort les mariés, qui rentrèrent cacher leur bonheur au domicile conjugal, ayant résolu de faire tout simplement un petit voyage à Paris après quelques jours de tête-à-tête.

---

1. **Me** : abréviation de « Maître », titre porté par les avocats et les notaires.
2. **Étude** : bureau où travaille un notaire ; **notaire** : personne dont le métier consiste à rédiger et à enregistrer des documents officiels.
3. **Liquides** : ici, disponibles.
4. **Titres au porteur** : actions dans une entreprise, documents correspondant à la possession de sommes d'argent.
5. **Un chic province** : une élégance qui semblerait un peu démodée aux Parisiens, réputés être plus à la mode.
6. **Gauche** : maladroite.
7. **Fagotée** : mal habillée.

Il fut charmant ce tête-à-tête, Me Lebrument ayant su apporter dans ses premiers rapports avec sa femme une adresse, une délicatesse et un à-propos[1] remarquables. Il avait pris pour devise[2] : « Tout vient à point à qui sait attendre. » Il sut être en même temps patient et énergique. Le succès fut rapide et complet.

Au bout de quatre jours, Mme Lebrument adorait son mari. Elle ne pouvait plus se passer de lui, il fallait qu'elle l'eût tout le jour près d'elle pour le caresser, l'embrasser, lui tripoter les mains, la barbe, le nez, etc. Elle s'asseyait sur ses genoux, et, le prenant par les oreilles, elle disait : « Ouvre la bouche et ferme les yeux. » Il ouvrait la bouche avec confiance, fermait les yeux à moitié, et il recevait un bon baiser bien tendre, bien long, qui lui faisait passer de grands frissons dans le dos. Et à son tour il n'avait pas assez de caresses, pas assez de lèvres, pas assez de mains, pas assez de toute sa personne pour fêter sa femme du matin au soir et du soir au matin.

Une fois la première semaine écoulée, il dit à sa jeune compagne :

« Si tu veux, nous partirons pour Paris mardi prochain. Nous ferons comme les amoureux qui ne sont pas mariés, nous irons dans les restaurants, au théâtre, dans les cafés-concerts, partout, partout. »

Elle sautait de joie.

« Oh ! oui, oh ! oui, allons-y le plus tôt possible. »

Il reprit :

« Et puis, comme il ne faut rien oublier, préviens ton père de tenir ta dot toute prête ; je l'emporterai avec nous et je paierai par la même occasion Me Papillon. »

---

1. **À-propos** : finesse d'esprit.
2. **Devise** : courte formule qui énonce une règle de conduite.

Elle prononça :

« Je le lui dirai demain matin. »

Et il la saisit dans ses bras pour recommencer ce petit jeu de tendresse qu'elle aimait tant, depuis huit jours.

Le mardi suivant, le beau-père et la belle-mère accompagnèrent à la gare leur fille et leur gendre qui partaient pour la capitale.

Le beau-père disait :

« Je vous jure que c'est imprudent d'emporter tant d'argent dans votre portefeuille. » Et le jeune notaire souriait.

« Ne vous inquiétez de rien, beau-papa, j'ai l'habitude de ces choses-là. Vous comprenez que, dans ma profession, il m'arrive quelquefois d'avoir près d'un million sur moi. De cette façon, au moins, nous évitons un tas de formalités et un tas de retards. Ne vous inquiétez de rien. »

L'employé criait :

« Les voyageurs pour Paris en voiture ! »

Ils se précipitèrent dans un wagon où se trouvaient deux vieilles dames.

Lebrument murmura à l'oreille de sa femme :

« C'est ennuyeux, je ne pourrai pas fumer. »

Elle répondit tout bas :

« Moi aussi, ça m'ennuie bien, mais ça n'est pas à cause de ton cigare. »

Le train siffla et partit. Le trajet dura une heure, pendant laquelle ils ne dirent pas grand-chose, car les deux vieilles femmes ne dormaient point.

Dès qu'ils furent dans la cour de la gare Saint-Lazare, Me Lebrument dit à sa femme :

« Si tu veux, ma chérie, nous allons d'abord déjeuner au boulevard, puis nous reviendrons tranquillement chercher notre malle pour la porter à l'hôtel. »

Elle y consentit tout de suite.

« Oh oui, allons déjeuner au restaurant. Est-ce loin ? »

Il reprit :

« Oui, un peu loin, mais nous allons prendre l'omnibus[1]. »

Elle s'étonna :

« Pourquoi ne prenons-nous pas un fiacre ? »

Il se mit à la gronder en souriant :

« C'est comme ça que tu es économe, un fiacre pour cinq minutes de route, six sous par minute, tu ne te priverais de rien.

– C'est vrai », dit-elle, un peu confuse[2].

Un gros omnibus passait, au trot des trois chevaux. Lebrument cria :

« Conducteur ! eh ! conducteur ! »

La lourde voiture s'arrêta. Et le jeune notaire, poussant sa femme, lui dit, très vite :

« Monte dans l'intérieur, moi je grimpe dessus pour fumer au moins une cigarette avant mon déjeuner. »

Elle n'eut pas le temps de répondre ; le conducteur, qui l'avait saisie par le bras pour l'aider à escalader le marchepied, la précipita dans sa voiture, et elle tomba, effarée, sur une banquette, regardant avec stupeur, par la vitre de derrière, les pieds de son mari qui grimpait sur l'impériale[3].

Et elle demeura immobile entre un gros monsieur qui sentait la pipe et une vieille femme qui sentait le chien.

Tous les autres voyageurs, alignés et muets – un garçon épicier, une ouvrière, un sergent d'infanterie[4], un monsieur à lunettes d'or coiffé d'un chapeau de soie aux bords énormes et relevés comme des gouttières, deux dames à l'air important et grincheux, qui semblaient dire par leur attitude : « Nous sommes ici, mais

---

1. **Omnibus** : voiture à cheval qui servait au transport en commun des voyageurs et qui accomplissait un trajet ponctué de différents arrêts.
2. **Confuse** : honteuse.
3. **Impériale** : toit de l'omnibus où des voyageurs pouvaient s'installer pour être à l'air libre.
4. **Sergent d'infanterie** : soldat gradé appartenant au corps de l'armée qui combat à pied.

nous valons mieux que ça », deux bonnes sœurs, une fille en cheveux et un croque-mort[1] –, avaient l'air d'une collection de caricatures, d'un musée des grotesques[2], d'une série de charges[3] de la face humaine, semblables à ces rangées de pantins comiques qu'on abat, dans les foires, avec des balles.

Les cahots de la voiture ballottaient un peu leurs têtes, les secouaient, faisaient trembloter la peau flasque des joues ; et, la trépidation[4] des roues les abrutissant, ils semblaient idiots et endormis.

La jeune femme demeurait inerte[5] :

« Pourquoi n'est-il pas venu avec moi ? » se disait-elle. Une tristesse vague l'oppressait[6]. Il aurait bien pu, vraiment, se priver de cette cigarette.

Les bonnes sœurs firent signe d'arrêter, puis elles sortirent l'une devant l'autre, répandant une odeur fade de vieille jupe.

On repartit, puis on s'arrêta de nouveau. Et une cuisinière monta, rouge, essoufflée. Elle s'assit et posa sur ses genoux son panier aux provisions. Une forte senteur d'eau de vaisselle se répandit dans l'omnibus.

« C'est plus loin que je n'aurais cru », pensait Jeanne.

Le croque-mort s'en alla et fut remplacé par un cocher qui fleurait[7] l'écurie. La fille en cheveux eut pour successeur un commissionnaire[8] dont les pieds exhalaient le parfum de ses courses.

La notairesse se sentait mal à l'aise, écœurée, prête à pleurer sans savoir pourquoi.

---

1. **En cheveux** : sans autre coiffure que ses cheveux, ce qui à l'époque est inconvenant ; **croque-mort** : employé des pompes funèbres.
2. **Grotesques** : dessins, peintures ou sculptures représentant des personnages bizarres.
3. **Charges** : représentations exagérées, caricaturales et dévalorisantes.
4. **Trépidation** : vibration.
5. **Inerte** : sans mouvement.
6. **L'oppressait** : l'accablait.
7. **Fleurait** : sentait.
8. **Commissionnaire** : coursier, personne chargée de porter des messages ou des marchandises.

D'autres personnes descendirent, d'autres montèrent. L'omnibus allait toujours par les interminables rues, s'arrêtait aux stations, se remettait en route.

« Comme c'est loin ! se disait Jeanne. Pourvu qu'il n'ait pas eu une distraction, qu'il ne soit pas endormi ! Il s'est bien fatigué depuis quelques jours. »

Peu à peu tous les voyageurs s'en allaient. Elle resta seule, toute seule. Le conducteur cria :

« Vaugirard ! »

Comme elle ne bougeait point, il répéta :

« Vaugirard ! »

Elle le regarda, comprenant que ce mot s'adressait à elle, puisqu'elle n'avait plus de voisins. L'homme dit, pour la troisième fois :

« Vaugirard ! »

Alors elle demanda :

« Où sommes-nous ? »

Il répondit d'un ton bourru[1] :

« Nous sommes à Vaugirard, parbleu, voilà vingt fois que je le crie.

– Est-ce loin du boulevard ? dit-elle.

– Quel boulevard ?

– Mais le boulevard des Italiens.

– Il y a beau temps qu'il est passé !

– Ah ! Voulez-vous bien prévenir mon mari ?

– Votre mari ? Où ça ?

– Mais sur l'impériale.

– Sur l'impériale ! v'là longtemps qu'il n'y a plus personne. »

Elle eut un geste de terreur.

« Comment ça ? Ce n'est pas possible. Il est monté avec moi. Regardez bien ; il doit y être ! »

1. **Bourru** : rude, brutal.

Le conducteur devenait grossier:

«Allons, la p'tite, assez causé, un homme de perdu, dix de retrouvés. Décanillez[1], c'est fini. Vous en trouverez un autre dans la rue.»

Des larmes lui montaient aux yeux, elle insista:

«Mais, monsieur, vous vous trompez, je vous assure que vous vous trompez. Il avait un gros portefeuille sous le bras.»

L'employé se mit à rire:

«Un gros portefeuille. Ah! oui, il est descendu à la Madeleine. C'est égal, il vous a bien lâchée, ah! ah! ah!...»

La voiture s'était arrêtée. Elle en sortit, et regarda, malgré elle, d'un mouvement instinctif de l'œil, sur le toit de l'omnibus. Il était totalement désert.

Alors elle se mit à pleurer et tout haut, sans songer qu'on l'écoutait et qu'on la regardait, elle prononça:

«Qu'est-ce que je vais devenir?»

L'inspecteur du bureau[2] s'approcha:

«Qu'y a-t-il?»

Le conducteur répondit d'un ton goguenard[3]:

«C'est une dame que son époux a lâchée en route.»

L'autre reprit:

«Bon, ce n'est rien, occupez-vous de votre service.»

Et il tourna les talons.

Alors, elle se mit à marcher devant elle, trop effarée, trop affolée pour comprendre même ce qui lui arrivait. Où allait-elle aller? Qu'allait-elle faire? Que lui était-il arrivé à lui? D'où venaient une pareille erreur, un pareil oubli, une pareille méprise, une si incroyable distraction[4]?

---

1. **Décanillez**: partez vite (familier).
2. L'omnibus est parvenu à son terminus, où se trouvent probablement des locaux de la direction de la compagnie de transports.
3. **Goguenard**: en se moquant.
4. **Distraction**: étourderie.

Elle avait deux francs dans sa poche. À qui s'adresser ? Et, tout d'un coup, le souvenir lui vint de son cousin Barral, sous-chef de bureau à la Marine.

Elle possédait juste de quoi payer la course du fiacre ; elle se fit conduire chez lui. Et elle le rencontra comme il partait pour son ministère. Il portait, ainsi que Lebrument, un gros portefeuille sous le bras.

Elle s'élança de sa voiture.

« Henry ! » cria-t-elle.

Il s'arrêta stupéfait :

« Jeanne ?... ici ?... toute seule ?... Que faites-vous, d'où venez-vous ? »

Elle balbutia, les yeux pleins de larmes.

« Mon mari s'est perdu tout à l'heure.

– Perdu, où ça ?

– Sur un omnibus.

– Sur un omnibus ?... Oh !... »

Et elle lui conta en pleurant son aventure.

Il l'écoutait, réfléchissant. Il demanda :

« Ce matin, il avait la tête bien calme ?

– Oui.

– Bon. Avait-il beaucoup d'argent sur lui ?

– Oui, il portait ma dot.

– Votre dot ?... tout entière ?

– Tout entière... pour payer son étude tantôt[1].

– Eh bien, ma chère cousine, votre mari, à l'heure qu'il est, doit filer sur la Belgique. »

Elle ne comprenait pas encore. Elle bégayait.

« ... Mon mari... vous dites ?...

– Je dis qu'il a raflé votre... votre capital[2]... et voilà tout. »

Elle restait debout, suffoquée, murmurant :

1. **Tantôt** : tout à l'heure.
2. **Votre capital** : votre argent.

« Alors c'est… c'est… c'est un misérable[1] !… »

Puis, défaillant[2] d'émotion, elle tomba sur le gilet de son cousin, en sanglotant.

Comme on s'arrêtait pour les regarder, il la poussa tout doucement, sous l'entrée de sa maison, et, la soutenant par la taille, il lui fit monter son escalier, et comme sa bonne interdite[3] ouvrait la porte, il commanda :

« Sophie, courez au restaurant chercher un déjeuner pour deux personnes. Je n'irai pas au ministère aujourd'hui. »

1. **Misérable** : personne digne du plus grand mépris.
2. **Défaillant** : se sentant très faible.
3. **Interdite** : très étonnée, stupéfaite.

Arrêt sur lecture 3

Un quiz pour commencer

Cochez les bonnes réponses.

❶ ***Depuis combien de temps Simon et Jeanne sont-ils mariés lorsqu'ils se rendent à Paris ?***

❒ Depuis une semaine.
❒ Depuis un mois.
❒ Depuis un an.

❷ ***Pour quelle raison Simon prétend-il devoir emporter l'argent de la dot à Paris ?***

❒ Pour régler les frais du voyage de noces.
❒ Pour déposer l'argent à la banque.
❒ Pour acheter une étude de notaire.

❸ ***Où les époux doivent-ils se rendre grâce à l'omnibus ?***

❒ À leur hôtel.
❒ Au restaurant.
❒ À la banque.

❹ ***Quel argument Simon avance-t-il lorsqu'il refuse de prendre un fiacre ?***

- ❒ Le prix serait plus élevé.
- ❒ Il faudrait attendre davantage.
- ❒ Il ne pourrait pas fumer dans un fiacre.

❺ ***Quelle place Simon choisit-il dans l'omnibus ?***

- ❒ Il monte s'asseoir sur le toit de l'omnibus.
- ❒ Il s'assoit près de son épouse.
- ❒ Il reste debout.

❻ ***Pourquoi Jeanne descend-elle à l'arrêt Vaugirard ?***

- ❒ C'est le nom de l'arrêt indiqué par Simon.
- ❒ C'est là que se trouve l'hôtel où réside le couple.
- ❒ C'est le terminus.

❼ ***Où Jeanne décide-t-elle de se rendre lorsqu'elle comprend que Simon l'a abandonnée ?***

- ❒ Au commissariat de police
- ❒ Chez son cousin Henry.
- ❒ Chez Sophie, une amie d'enfance.

❽ ***Pourquoi Simon avait-il emporté l'argent de la dot à Paris ?***

- ❒ Pour s'enfuir avec l'argent.
- ❒ Pour payer son étude de notaire.
- ❒ Pour offrir une magnifique parure à son épouse.

Des questions pour aller plus loin

Analyser la tension croissante dans le récit

De mauvais présages

❶ Pour quelle raison le mariage entre Jeanne et Simon a-t-il été conclu, selon les premières phrases du récit ? Relevez les mots qui composent un champ lexical appuyant votre réponse.
❷ Comparez la construction des portraits de Simon (l. 6-8) et de Jeanne (l. 9-11). L'un vous semble-t-il plus flatteur que l'autre ?
❸ Quel succès Simon remporte-t-il après le mariage ? Dans les lignes 16 à 21, relevez les termes suggérant que le personnage met en œuvre une véritable stratégie.
❹ Commentez la devise de Simon (l. 19) : en quoi pourrait-elle retentir comme un avertissement ?
❺ Quel regard le narrateur porte-t-il sur les personnages et sur le mariage ? Dans le premier paragraphe, trouvez une expression révélant discrètement son point de vue.

Un voyage inquiétant

❻ Quelle mise en garde le père de Jeanne formule-t-il lorsqu'il accompagne les jeunes mariés à la gare ? Relevez une répétition dans la réponse de Simon : quel effet produit-elle ?
❼ Dans les lignes 87 à 98, relevez les termes soulignant une accélération brutale de l'action.
❽ Quels personnages entourent Jeanne dans l'omnibus ? Montrez que le rythme du récit semble suspendu des lignes 99 à 133.
❾ Quelles expressions présentent les compagnons de voyage de Jeanne comme de véritables caricatures du peuple parisien ?

⑩ Quelles perceptions sensorielles dominent la description des voyageurs qui se succèdent dans l'omnibus ? Justifiez votre réponse en citant les mots composant un champ lexical (l. 99-130).
⑪ Quel niveau de langue le conducteur emploie-t-il lorsqu'il s'adresse à Jeanne (l. 149-171) ? Montrez que, par leur brutalité, ses mots renforcent la détresse de la jeune femme.

Une fin entre ironie et tristesse

⑫ Relevez les expressions indiquant les émotions et l'état d'esprit de Jeanne depuis le début du trajet (l. 94) jusqu'à la fin de la nouvelle. Comment évoluent-ils ? Quel regard le lecteur peut-il porter sur elle ?
⑬ Relevez les indications temporelles tout au long de la nouvelle : combien de temps s'est-il écoulé entre le début et la chute ? Quel est l'effet produit ?
⑭ Quel plan Simon avait-il élaboré ? Montrez que toutes ses actions avaient pour but la réussite de ce plan, et que le titre de la nouvelle était un premier indice pour le lecteur.
⑮ Quelle suite le lecteur peut-il imaginer à la dernière scène de la nouvelle ? À quel personnage le narrateur semble-t-il ironiquement donner raison en ménageant cette fin ouverte ?

Rappelez-vous !
Récit bref, la nouvelle se déroule dans un **cadre spatio-temporel généralement limité** : l'action, souvent resserrée dans le temps, se concentre sur un épisode déterminant. Après l'exposition de la situation initiale, les indications temporelles soulignent le rythme auquel se succèdent des événements, en lien avec un thème unique annoncé par le titre.

De la lecture à l'écriture

Des mots pour mieux écrire

❶ ***Complétez les phrases suivantes à l'aide des mots qui conviennent :*** devise, dot, conjugal, étude, gendre.

Simon, qui est notaire, souhaite acquérir une _____________.
Si l'on se fie à ses nouvelles, Maupassant ne semble pas croire au bonheur _____________.
Sans _____________, une jeune fille trouvait difficilement un époux.
M. Cordier se méfie de Simon, son _____________.
Jeanne a désormais pour _____________ : « Prudence est mère de sûreté ».

❷ ***Recopiez le tableau suivant et complétez-le. Aidez-vous d'un dictionnaire si nécessaire.***

Niveau familier	Niveau courant	Niveau soutenu
causer		
décaniller		
lâcher		
rafler		

❸ a. ***À l'aide d'un dictionnaire, précisez le sens de chacun des mots suivants et dites à quel champ lexical ils appartiennent :*** outré, révolté, révulsé, scandalisé.
b. ***Trouvez un mot de la même famille que chacun de ces termes.***

À vous d'écrire

❶ Effondrée, Jeanne écrit à ses parents pour leur révéler la tromperie dont elle vient d'être victime. Elle laisse libre cours à sa colère, déplorant sa trop grande naïveté et évoquant les indices qui auraient dû susciter sa méfiance.

Consigne. Rédigez une trentaine de lignes et respectez les règles de présentation d'une lettre. Utilisez un vocabulaire exprimant l'indignation du personnage (appuyez-vous sur l'exercice 3), tout en conservant un niveau de langue courant ou soutenu.

❷ Vous êtes journaliste dans un quotidien parisien du XIXe siècle. Vous écrivez, pour la rubrique « faits divers », un article relatant la mésaventure de Jeanne.

Consigne. Votre article, d'une trentaine de lignes, sera organisé en deux parties. Vous présenterez tout d'abord les faits. Vous proposerez ensuite une analyse de ce fait divers, visant à mettre en garde les jeunes filles en âge de se marier envers les jeunes gens séduisants mais malhonnêtes. Veillez à ne pas commettre d'anachronisme. N'oubliez pas de donner un titre à votre article.

Du texte à l'image

Histoire des arts

Vue de Notre-Dame de Paris, photographie, vers 1875.

➡ Image reproduite en début d'ouvrage, au verso de la couverture.

Lire l'image

❶ Observez attentivement la photographie et décrivez ce que vous voyez au premier plan, au deuxième plan puis à l'arrière-plan.

❷ Décrivez précisément l'omnibus représenté au centre de la photographie. Quels peuvent être les sentiments et les sensations des passagers ?

❸ Cette photographie offre un aperçu de la circulation dans les rues parisiennes au XIXe siècle : quelle image en donne-t-elle ?

Comparer le texte et l'image

❹ Quel passage de la nouvelle la photographie peut-elle illustrer ? Justifiez votre réponse en citant les expressions auxquelles fait écho cette image.

❺ Pensez-vous qu'un récit réaliste soit l'équivalent d'une photographie ? Pour répondre, aidez-vous de l'introduction (p. 7), de l'Arrêt sur lecture 2 (p. 41-47) et du Contexte historique et culturel (p. 106-107).

À vous de créer

❻ À la manière de Maupassant (p. 52-54, l. 94-136), imaginez les pensées de l'un des passagers voyageant sur l'impériale.

❼ Imaginez que cette photographie prenne place dans une exposition sur les modes de transport parisiens au XIXe siècle : vous rédigerez la notice explicative qui accompagnerait le document. Si nécessaire, effectuez des recherches au CDI ou sur Internet pour vous renseigner sur les moyens de transport de l'époque.

Les Bijoux

M. Lantin ayant rencontré cette jeune fille, dans une soirée, chez son sous-chef de bureau, l'amour l'enveloppa comme un filet.

C'était la fille d'un percepteur[1] de province, mort depuis plusieurs années. Elle était venue ensuite à Paris avec sa mère, qui fréquentait quelques familles bourgeoises de son quartier dans l'espoir de marier la jeune personne. Elles étaient pauvres et honorables, tranquilles et douces. La jeune fille semblait le type absolu[2] de l'honnête femme à laquelle le jeune homme sage rêve de confier sa vie. Sa beauté modeste avait un charme de pudeur angélique[3], et l'imperceptible[4] sourire qui ne quittait point ses lèvres semblait un reflet de son cœur.

Tout le monde chantait ses louanges[5] ; tous ceux qui la connaissaient répétaient sans fin : « Heureux celui qui la prendra. On ne pourrait trouver mieux. »

M. Lantin, alors commis principal au ministère de l'Intérieur, aux appointements[6] annuels de trois mille cinq cents francs, la demanda en mariage et l'épousa.

---

1. **Percepteur** : fonctionnaire chargé de collecter les impôts.
2. **Type absolu** : modèle parfait.
3. **Pudeur angélique** : décence, retenue aussi pure que celle d'un ange.
4. **Imperceptible** : discret.
5. **Chantait ses louanges** : faisait son éloge, disait des compliments à son propos.
6. **Appointements** : revenus.

Il fut avec elle invraisemblablement heureux. Elle gouverna sa maison avec une économie si adroite qu'ils semblaient vivre dans le luxe. Il n'était point d'attentions, de délicatesses, de chatteries[1] qu'elle n'eût pour son mari ; et la séduction de sa personne était si grande que, six ans après leur rencontre, il l'aimait plus encore qu'aux premiers jours.

Il ne blâmait en elle que[2] deux goûts, celui du théâtre et celui des bijouteries fausses[3].

Ses amies (elle connaissait quelques femmes de modestes fonctionnaires) lui procuraient à tous moments des loges[4] pour les pièces en vogue[5], même pour les premières représentations ; et elle traînait bon gré, mal gré[6], son mari à ces divertissements qui le fatiguaient affreusement après sa journée de travail. Alors il la supplia de consentir à aller au spectacle avec quelque dame de sa connaissance qui la ramènerait ensuite. Elle fut longtemps à céder, trouvant peu convenable cette manière d'agir. Elle s'y décida enfin par complaisance[7], et il lui en sut un gré infini[8].

Or, ce goût pour le théâtre fit bientôt naître en elle le besoin de se parer. Ses toilettes demeuraient toutes simples, il est vrai, de bon goût toujours, mais modestes ; et sa grâce douce, sa grâce irrésistible, humble et souriante, semblait acquérir une saveur nouvelle de la simplicité de ses robes, mais elle prit l'habitude de pendre à ses oreilles deux gros cailloux du Rhin[9] qui simulaient des diamants, et elle portait des colliers de perles fausses, des

1. **Chatteries** : caresses tendres.
2. **Ne blâmait en elle que** : ne lui reprochait que.
3. **Bijouteries fausses** : faux bijoux.
4. **Loges** : places de théâtre.
5. **En vogue** : à la mode.
6. **Bon gré, mal gré** : qu'il le veuille ou non.
7. **Complaisance** : désir de faire plaisir.
8. **Il lui en sut un gré infini** : il lui en fut très reconnaissant.
9. **Cailloux du Rhin** : nom autrefois donné aux strass, sorte de cristaux imitant le diamant et inventés par un bijoutier alsacien (le Rhin est un fleuve qui borde l'Alsace).

bracelets en similor[1], des peignes agrémentés de verroteries[2] variées jouant les pierres fines.

Son mari, que choquait un peu cet amour du clinquant[3], répétait souvent : « Ma chère, quand on n'a pas le moyen de se payer des bijoux véritables, on ne se montre parée que de sa beauté et de sa grâce, voilà encore les plus rares joyaux ».

Mais elle souriait doucement et répétait : « Que veux-tu ? J'aime ça. C'est mon vice[4]. Je sais bien que tu as raison ; mais on ne se refait pas. J'aurais adoré les bijoux, moi ! »

Et elle faisait rouler dans ses doigts les colliers de perles, miroiter[5] les facettes des cristaux taillés, en répétant : « Mais regarde donc comme c'est bien fait. On jurerait du vrai. »

Il souriait en déclarant : « Tu as des goûts de Bohémienne. »

Quelquefois, le soir, quand ils demeuraient en tête à tête au coin du feu, elle apportait sur la table où ils prenaient le thé la boîte de maroquin[6] où elle enfermait la « pacotille[7] », selon le mot de M. Lantin ; et elle se mettait à examiner ces bijoux imités avec une attention passionnée, comme si elle eût savouré quelque jouissance secrète et profonde ; et elle s'obstinait à passer un collier au cou de son mari pour rire ensuite de tout son cœur en s'écriant : « Comme tu es drôle ! » Puis elle se jetait dans ses bras et l'embrassait éperdument[8].

Comme elle avait été à l'Opéra, une nuit d'hiver, elle rentra toute frissonnante de froid. Le lendemain elle toussait. Huit jours plus tard elle mourait d'une fluxion de poitrine[9].

---

1. **Similor** : alliage de cuivre et de zinc imitant l'or.
2. **Verroteries** : pierreries en verre coloré.
3. **Clinquant** : ce qui est brillant et voyant, mais sans valeur.
4. **Vice** : défaut, penchant immoral.
5. **Miroiter** : jeter des reflets scintillants.
6. **Maroquin** : cuir.
7. **Pacotille** : ensemble d'objets sans valeur.
8. **Éperdument** : avec passion.
9. **Fluxion de poitrine** : inflammation des poumons.

Lantin faillit la suivre dans la tombe. Son désespoir fut si terrible que ses cheveux devinrent blancs en un mois. Il pleurait du matin au soir, l'âme déchirée d'une souffrance intolérable, hanté par le souvenir, par le sourire, par la voix, par tout le charme de la morte.

Le temps n'apaisa point sa douleur. Souvent pendant les heures du bureau, alors que les collègues s'en venaient causer un peu des choses du jour, on voyait soudain ses joues se gonfler, son nez se plisser, ses yeux s'emplir d'eau ; il faisait une grimace affreuse et se mettait à sangloter.

Il avait gardé intacte la chambre de sa compagne où il s'enfermait tous les jours pour penser à elle ; et tous les meubles, ses vêtements mêmes demeuraient à leur place comme ils se trouvaient au dernier jour.

Mais la vie se faisait dure pour lui. Ses appointements, qui, entre les mains de sa femme, suffisaient à tous les besoins du ménage, devenaient, à présent, insuffisants pour lui tout seul. Et il se demandait avec stupeur comment elle avait su s'y prendre pour lui faire boire toujours des vins excellents et manger des nourritures délicates qu'il ne pouvait plus se procurer avec ses modestes ressources.

Il fit quelques dettes et courut après l'argent à la façon des gens réduits aux expédients[1]. Un matin enfin, comme il se trouvait sans un sou, une semaine entière avant la fin du mois, il songea à vendre quelque chose ; et tout de suite la pensée lui vint de se défaire de la « pacotille » de sa femme, car il avait gardé au fond du cœur une sorte de rancune contre ces « trompe-l'œil[2] » qui l'irritaient autrefois. Leur vue même, chaque jour, lui gâtait un peu le souvenir de sa bien-aimée.

Il chercha longtemps dans le tas de clinquants qu'elle avait laissés, car jusqu'aux derniers jours de sa vie elle en avait acheté

1. **Expédients** : moyens honteux de se procurer de l'argent.
2. **Trompe-l'œil** : ici, objets trompeurs.

obstinément, rapportant presque chaque soir un objet nouveau, et il se décida pour le grand collier qu'elle semblait préférer, et qui pouvait bien valoir, pensait-il, six ou huit francs, car il était vraiment d'un travail très soigné pour du faux.

Il le mit en sa poche et s'en alla vers son ministère en suivant les boulevards, cherchant une boutique de bijoutier qui lui inspirât confiance.

Il en vit une enfin et entra, un peu honteux d'étaler ainsi sa misère et de chercher à vendre une chose de si peu de prix.

« Monsieur, dit-il au marchand, je voudrais bien avoir ce que vous estimez ce morceau. »

L'homme reçut l'objet, l'examina, le retourna, le soupesa, prit une loupe, appela son commis, lui fit tout bas des remarques, reposa le collier sur son comptoir et le regarda de loin pour mieux juger de l'effet.

M. Lantin, gêné par toutes ces cérémonies, ouvrait la bouche pour déclarer : « Oh ! je sais bien que cela n'a aucune valeur », – quand le bijoutier prononça :

« Monsieur, cela vaut de douze à quinze mille francs ; mais je ne pourrais l'acheter que si vous m'en faisiez connaître exactement la provenance. »

Le veuf ouvrit des yeux énormes et demeura béant, ne comprenant pas. Il balbutia enfin : « Vous dites ?... Vous êtes sûr. » L'autre se méprit sur son étonnement, et, d'un ton sec : « Vous pouvez chercher ailleurs si on vous en donne davantage. Pour moi cela vaut, au plus, quinze mille. Vous reviendrez me trouver si vous ne trouvez pas mieux. »

M. Lantin, tout à fait idiot[1], reprit son collier et s'en alla, obéissant à un confus besoin de se trouver seul et de réfléchir.

Mais, dès qu'il fut dans la rue, un besoin de rire le saisit, et il pensa : « L'imbécile ! oh ! l'imbécile ! Si je l'avais pris au mot

---

1. Idiot : stupéfait, sans voix.

tout de même ! En voilà un bijoutier qui ne sait pas distinguer le faux du vrai ! »

Et il pénétra chez un autre marchand à l'entrée de la rue de la Paix. Dès qu'il eut aperçu le bijou, l'orfèvre[1] s'écria :

« Ah ! parbleu ; je le connais bien, ce collier ; il vient de chez moi. »

M. Lantin, fort troublé, demanda :

« Combien vaut-il ?

– Monsieur, je l'ai vendu vingt-cinq mille. Je suis prêt à le reprendre pour dix-huit mille, quand vous m'aurez indiqué, pour obéir aux prescriptions légales[2], comment vous en êtes détenteur[3]. » Cette fois M. Lantin s'assit perclus[4] d'étonnement. Il reprit : « Mais… mais, examinez-le bien attentivement, monsieur, j'avais cru jusqu'ici qu'il était en… faux. »

Le joaillier reprit : « Voulez-vous me dire votre nom, monsieur ?

– Parfaitement. Je m'appelle Lantin, je suis employé au ministère de l'Intérieur, je demeure 16, rue des Martyrs. »

Le marchand ouvrit ses registres, rechercha, et prononça : « Ce collier a été envoyé en effet à l'adresse de Mme Lantin, 16, rue des Martyrs, le 20 juillet 1876. »

Et les deux hommes se regardèrent dans les yeux, l'employé éperdu de surprise, l'orfèvre flairant un voleur.

Celui-ci reprit : « Voulez-vous me laisser cet objet pendant vingt-quatre heures seulement, je vais vous en donner un reçu ? »

M. Lantin balbutia : « Mais oui, certainement. » Et il sortit en pliant le papier qu'il mit dans sa poche.

Puis il traversa la rue, la remonta, s'aperçut qu'il se trompait de route, redescendit aux Tuileries, passa la Seine, reconnut encore son erreur, revint aux Champs-Élysées sans une idée nette dans la tête. Il s'efforçait de raisonner, de comprendre.

1. **Orfèvre** : bijoutier.
2. **Prescriptions légales** : obligations écrites dans la loi.
3. **Détenteur** : propriétaire.
4. **Perclus** : paralysé.

Sa femme n'avait pu acheter un objet d'une pareille valeur. – Non, certes. – Mais alors, c'était un cadeau ! Un cadeau ! Un cadeau de qui ? Pourquoi ?

Il s'était arrêté, et il demeurait debout au milieu de l'avenue. Le doute horrible l'effleura. – Elle ? – Mais alors tous les autres bijoux étaient aussi des cadeaux ! Il lui sembla que la terre remuait ; qu'un arbre, devant lui, s'abattait ; il étendit les bras et s'écroula, privé de sentiment.

Il reprit connaissance dans la boutique d'un pharmacien où les passants l'avaient porté. Il se fit reconduire chez lui, et s'enferma. Jusqu'à la nuit il pleura éperdument, mordant un mouchoir pour ne pas crier. Puis il se mit au lit accablé de fatigue et de chagrin, et il dormit d'un pesant sommeil.

Un rayon de soleil le réveilla, et il se leva lentement pour aller à son ministère. C'était dur de travailler après de pareilles secousses. Il réfléchit alors qu'il pouvait s'excuser auprès de son chef ; et il lui écrivit. Puis il songea qu'il fallait retourner chez le bijoutier ; et une honte l'empourpra[1]. Il demeura longtemps à réfléchir. Il ne pouvait pourtant pas laisser le collier chez cet homme, il s'habilla et sortit.

Il faisait beau, le ciel bleu s'étendait sur la ville qui semblait sourire. Des flâneurs[2] allaient devant eux, les mains dans leurs poches.

Lantin se dit, en les regardant passer : « Comme on est heureux quand on a de la fortune ! Avec de l'argent on peut secouer jusqu'aux chagrins, on va où l'on veut, on voyage, on se distrait ! Oh ! si j'étais riche ! »

Il s'aperçut qu'il avait faim, n'ayant pas mangé depuis l'avant-veille. Mais sa poche était vide, et il se ressouvint du collier. Dix-huit mille francs ! Dix-huit mille francs ! c'était une somme, cela !

1. **L'empourpra** : le fit rougir.
2. **Flâneurs** : promeneurs.

Il gagna la rue de la Paix et commença à se promener de long en large sur le trottoir, en face de la boutique. Dix-huit mille francs ! Vingt fois il faillit entrer ; mais la honte l'arrêtait toujours.

Il avait faim pourtant, grand'faim, et pas un sou. Il se décida brusquement, traversa la rue en courant, pour ne pas se laisser le temps de réfléchir et il se précipita chez l'orfèvre.

Dès qu'il l'aperçut, le marchand s'empressa, offrit un siège avec une politesse souriante. Les commis eux-mêmes arrivèrent, qui regardaient de côté Lantin, avec des gaietés dans les yeux et sur les lèvres.

Le bijoutier déclara : « Je me suis renseigné, monsieur, et si vous êtes toujours dans les mêmes dispositions, je suis prêt à vous payer la somme que je vous ai proposée. »

L'employé balbutia : « Mais certainement. »

L'orfèvre tira d'un tiroir dix-huit grands billets, les compta, les tendit à Lantin, qui signa un petit reçu et mit d'une main frémissante l'argent dans sa poche.

Puis, comme il allait sortir, il se tourna vers le marchand qui souriait toujours, et, baissant les yeux : « J'ai… j'ai d'autres bijoux… qui me viennent… de la même succession[1]. Vous conviendrait-il de me les acheter aussi ? »

Le marchand s'inclina : « Mais certainement, monsieur. » Un des commis sortit pour rire à son aise ; un autre se mouchait avec force.

Lantin impassible[2], rouge et grave, annonça : « Je vais vous les apporter. »

Et il prit un fiacre pour aller chercher les joyaux.

Quand il revint chez le marchand, une heure plus tard, il n'avait pas encore déjeuné. Ils se mirent à examiner les objets pièce à pièce, évaluant chacun. Presque tous venaient de la maison.

---

1. **Succession** : héritage.
2. **Impassible** : sans marque de trouble, sans émotion apparente.

Lantin, maintenant, discutait les estimations, se fâchait, exigeait qu'on lui montrât les livres de vente, et parlait de plus en plus haut à mesure que s'élevait la somme.

Les gros brillants d'oreilles valent vingt mille francs, les bracelets trente-cinq mille, les broches, bagues et médaillons seize mille, une parure d'émeraudes et de saphirs quatorze mille ; un solitaire[1] suspendu à une chaîne d'or formant collier quarante mille ; le tout atteignant le chiffre de cent quatre-vingt-seize mille francs.

Le marchand déclara avec une bonhomie[2] railleuse : « Cela vient d'une personne qui mettait toutes ses économies en bijoux. »

Lantin prononça gravement : « C'est une manière comme une autre de placer son argent. » Et il s'en alla après avoir décidé avec l'acquéreur qu'une contre-expertise[3] aurait lieu le lendemain.

Quand il se trouva dans la rue, il regarda la colonne Vendôme[4] avec l'envie d'y grimper, comme si ç'eût été un mât de cocagne[5]. Il se sentait léger à jouer à saute-mouton par-dessus la statue de l'Empereur perché là-haut dans le ciel.

Il alla déjeuner chez Voisin et but du vin à vingt francs la bouteille. Puis il prit un fiacre et fit un tour au Bois[6]. Il regardait les équipages[7] avec un certain mépris, oppressé du désir de crier aux passants : « Je suis riche aussi, moi. J'ai deux cent mille francs ! »

Le souvenir de son ministère lui revint. Il s'y fit conduire, entra délibérément[8] chez son chef et annonça : « Je viens, monsieur, vous donner ma démission. J'ai fait un héritage de trois cent

---

1. **Solitaire** : diamant monté seul.
2. **Bonhomie** : familiarité.
3. **Contre-expertise** : estimation destinée à vérifier la première évaluation du prix des bijoux.
4. **Colonne Vendôme** : monument parisien érigé par Napoléon Ier en 1810.
5. **Mât de cocagne** : dans les fêtes populaires, poteau en haut duquel il faut grimper pour décrocher des lots qui y sont suspendus.
6. **Bois** : bois de Boulogne, situé à l'ouest de Paris.
7. **Équipages** : calèches élégantes des familles aisées.
8. **Délibérément** : avec assurance.

mille francs. » Il alla serrer la main de ses anciens collègues et leur confia ses projets d'existence nouvelle ; puis il dîna au Café anglais[1].

Se trouvant à côté d'un monsieur qui lui parut distingué, il ne put résister à la démangeaison de lui confier avec une certaine coquetterie, qu'il venait d'hériter de quatre cent mille francs.

Pour la première fois de sa vie il ne s'ennuya pas au théâtre, et il passa sa nuit avec des filles[2].

Six mois plus tard il se remariait. Sa seconde femme était très honnête, mais d'un caractère difficile. Elle le fit beaucoup souffrir.

1. **Café anglais** : restaurant réputé.
2. **Filles** : prostituées.

Arrêt sur lecture 4

Un quiz pour commencer

Cochez les bonnes réponses.

❶ *Où M. Lantin a-t-il rencontré sa première épouse ?*

- ❐ À son bureau.
- ❐ Par hasard, dans la rue.
- ❐ Chez un collègue lors d'une soirée.

❷ *Quels penchants M. Lantin reproche-t-il à son épouse ?*

- ❐ Sa passion pour le théâtre et pour les faux bijoux.
- ❐ Son attirance pour l'opéra et pour les belles robes.
- ❐ Son goût pour la danse et pour la vaisselle en porcelaine.

❸ *À quelle difficulté M. Lantin se heurte-t-il à la mort de son épouse ?*

- ❐ Il n'a pas l'habitude d'effectuer les tâches quotidiennes.
- ❐ Il ne parvient pas à garder le même train de vie qu'auparavant.
- ❐ Il ne supporte pas la solitude.

❹ ***Pour quelle raison M. Lantin a-t-il honte de vendre l'un des bijoux de son épouse ?***

❒ Parce qu'il pense que le bijou n'a aucune valeur.

❒ Parce que le bijou a pour lui une grande valeur sentimentale.

❒ Parce que Mme Lantin lui avait fait jurer de ne jamais vendre ses bijoux.

❺ ***Comment Mme Lantin avait-elle pu se procurer des bijoux de valeur ?***

❒ Elle les volait dans des bijouteries.

❒ Elle travaillait en cachette pour pouvoir se les offrir.

❒ Elle avait des liaisons avec d'autres hommes qui les lui offraient.

❻ ***Pourquoi les employés de la bijouterie regardent-ils M. Lantin avec amusement ?***

❒ Parce qu'ils savent que l'épouse de M. Lantin lui était infidèle.

❒ Parce que M. Lantin, naïf, revend les bijoux en dessous de leur valeur.

❒ Parce que M. Lantin exige des sommes bien supérieures à la valeur réelle des bijoux.

❼ ***À qui M. Lantin annonce-t-il qu'il est désormais un homme riche ?***

❒ À des passants qui le prennent pour un fou.

❒ À sa nouvelle épouse, rencontrée le soir même au théâtre.

❒ À son chef au bureau ainsi qu'à son voisin de table au restaurant.

Des questions pour aller plus loin

☛ Comprendre le rôle du narrateur

Un narrateur lucide mais discret

❶ Le narrateur est-il un personnage de l'histoire ? Justifiez votre réponse. Quel est l'effet produit ?
❷ Quel portrait de la future Mme Lantin est dressé au début de la nouvelle (l. 4-12) ? Justifiez votre réponse en citant cinq adjectifs qualificatifs employés pour caractériser ce personnage.
❸ Quel verbe est répété dans les lignes 8 à 12 ? Déduisez-en le point de vue adopté dans ce passage. Que révèle la répétition de ce verbe sur le portrait élogieux de la jeune fille ?
❹ Dans les lignes 27 à 36, qu'insinue discrètement le narrateur quant à la façon dont Mme Lantin obtient les places de théâtre ?
❺ Relevez une phrase suggérant qu'il existe un lien entre les sorties au théâtre et les bijoux.
❻ Quel terme Mme Lantin emploie-t-elle pour qualifier son goût pour les faux bijoux ? Cherchez la définition de ce mot dans un dictionnaire et commentez son usage dans le récit.

Un double retournement

❼ Observez l'emploi des temps des lignes 57 à 68. En quoi la mort de Mme Lantin est-elle le déclencheur de l'histoire racontée dans la nouvelle ?
❽ Quels sont les sentiments de M. Lantin à la mort de son épouse ? Relevez les termes soulignant l'ampleur de son chagrin.
❾ Comment M. Lantin réagit-il lorsqu'il prend conscience de la valeur mais aussi de l'origine des bijoux (l. 154-167) ? Analysez l'usage de la ponctuation.

⑩ Quelle résolution M. Lantin prend-il finalement ? Relevez une phrase soulignant son soudain changement d'attitude. Que pensez-vous de l'évolution de ce personnage ?

⑪ Relevez les différentes sommes évoquées par M. Lantin. Que constatez-vous ?

Une vision pessimiste de l'amour et du mariage

⑫ Après lecture de l'intégralité de la nouvelle, comment comprenez-vous les lignes 57 à 65 ? Montrez que l'attitude de Mme Lantin est ambiguë.

⑬ Comment peut-on interpréter la chute de la nouvelle ? Commentez la brièveté de sa formulation.

⑭ À quel moment de sa vie M. Lantin a-t-il finalement été le plus heureux ? En quoi est-ce ironique ?

⑮ Le récit s'ouvre sur une comparaison : relevez-la puis comparez-la à la dernière phrase du texte. Que suggère la nouvelle à propos de l'amour et du mariage ?

Rappelez-vous !

Dans un récit à la troisième personne, le **point de vue adopté** peut varier : il peut être externe, interne ou omniscient. Dans *Les Bijoux*, le narrateur joue avec l'alternance des points de vue afin de ménager des surprises au lecteur. Il lui laisse ainsi des **indices** discrets à déchiffrer. Une fois qu'il connaît la chute, le lecteur est invité à relire la nouvelle à la recherche des détails annonciateurs qu'il n'avait pas décelés.

De la lecture à l'écriture

Des mots pour mieux écrire

❶ a. ***Reliez chacun des mots suivants à sa définition.***

Clinquant	•	•	Décor donnant l'illusion de la réalité.
Imiter	•	•	Ressembler le plus possible à quelque chose ou à quelqu'un.
Pacotille	•	•	Feindre, faire semblant.
Trompe-l'œil	•	•	Ensemble d'objets sans valeur, de faux bibelots ou bijoux.
Simuler	•	•	Qui a un éclat exagéré par rapport à sa valeur.

b. ***Employez chacun de ces termes dans une phrase de votre invention qui en éclairera le sens.***

❷ a. ***Expliquez la composition du mot*** invraisemblablement ***en précisant le sens du préfixe, celui du radical et celui du suffixe.***
b. ***Proposez trois adverbes ayant le même préfixe et le même suffixe, et employez chacun d'eux dans une phrase de votre invention.***

À vous d'écrire

❶ Transformez le passage de la négociation du prix des bijoux (l. 219-234) en une scène de théâtre. Vous la poursuivrez en imaginant un échange entre le bijoutier et ses commis après que M. Lantin a quitté la boutique.
Consigne. Pour écrire la suite de la scène, rédigez au moins dix répliques. Insérez des didascalies en vous appuyant sur les passages narratifs du texte. Respectez la présentation d'un texte de théâtre.

❷ Vous avez un jour découvert qu'un(e) ami(e) avait trahi votre confiance et lui avez demandé des explications. Racontez les circonstances de cette découverte et la discussion animée qui a suivi.
Consigne. Votre récit, d'une trentaine de lignes, sera rédigé à la première personne et aux temps du passé (imparfait, passé simple). Dans une première partie, vous exposerez la situation et ferez part de vos sentiments à la découverte de cette trahison. La confrontation avec votre ami(e), sous la forme d'un dialogue animé, occupera la seconde partie.

Arrêt sur l'œuvre

Des questions sur l'ensemble des nouvelles

Des nouvelles réalistes

❶ Dans quels lieux les différentes nouvelles se déroulent-elles ? Effectuez une recherche pour savoir si les noms propres correspondent à des lieux existant réellement.

❷ À quelle catégorie sociale les personnages principaux appartiennent-ils ? Sur Internet ou dans votre manuel d'histoire, cherchez quelle place cette classe sociale occupe dans la société française du XIXe siècle.

❸ Combien de temps chaque histoire dure-t-elle ? Quelles nouvelles retracent de grandes durées de vie ? Quelle nouvelle ne rapporte au contraire qu'un bref épisode ?

De la chute à la relecture

❹ Résumez la fin de chaque nouvelle du recueil en quelques lignes. En quoi chacune de ces chutes est-elle surprenante ?

❺ Dans chacun des récits, quels indices vous avaient échappé à la première lecture mais vous semblent désormais évidents ?

❻ Quel rôle chaque titre joue-t-il par rapport au récit ? Choisissez l'exemple d'une des quatre nouvelles : montrez que son titre s'enrichit de significations au fil de la lecture et s'explique pleinement dans la chute.

Une réflexion sur les comportements humains

❼ Quelle place le thème de l'argent occupe-t-il dans chacune des quatre nouvelles ? Quel rôle l'argent a-t-il dans la destinée des personnages ?
❽ Quelle image les récits donnent-ils des différents personnages ? Quels sont ceux qui suscitent la sympathie du lecteur ? Quels sont ceux dont le narrateur souligne le ridicule ?
❾ Comment qualifieriez-vous la fin de chaque nouvelle ? Quelle vision de l'existence et des êtres humains traduit-elle ?

Des mots pour mieux écrire

Lexique de la ville

Boulevard : rue très large, souvent plantée d'arbres.
Café-concert : café où l'on peut entendre de la musique.
Capitale : ville où siège le gouvernement d'un État.
Chaussée : partie de la voie publique où circulent les voitures.
Cité : ville importante.
Cocher : conducteur d'une voiture à cheval.
Fiacre : voiture à cheval qu'on louait à l'heure ou à la course.
Mansarde : chambre aménagée sous un toit en pente, autrefois réservée aux domestiques.
Ministère : bâtiment où travaille le personnel d'un ministre.
Passant : personne se déplaçant dans une rue.
Rempart : muraille entourant une ville fortifiée.
Quai : voie publique aménagée le long d'un cours d'eau.
Urbain : qui est en rapport avec la ville.

Mots cachés

Retrouvez dans la grille ci-dessous tous les mots du lexique de la ville (de gauche à droite, de droite à gauche, en biais, de haut en bas ou de bas en haut).

S	L	U	Q	S	H	E	C	U	G	K	F	S	F	J
C	H	A	U	S	S	E	E	B	D	H	E	E	S	J
A	V	E	A	Q	K	D	C	O	C	H	E	R	E	O
F	A	X	I	P	B	K	S	U	B	Z	S	C	P	W
E	E	K	E	E	A	C	V	L	R	G	K	A	I	E
-	L	Q	A	V	J	S	W	E	D	B	S	I	L	R
C	A	F	A	F	J	V	S	V	S	K	A	F	M	E
O	T	I	S	U	F	H	D	A	S	J	L	I	P	T
N	I	A	X	C	I	T	E	R	N	F	H	C	N	S
C	P	D	F	H	A	U	K	D	S	T	F	Z	H	I
E	A	Z	R	E	M	P	A	R	T	F	J	E	X	N
R	C	N	E	E	D	R	A	S	N	A	M	X	G	I
T	E	T	U	B	D	A	J	O	S	O	Y	R	D	M

Lexique de l'argent

Bourse : petit sac souple servant à mettre des pièces de monnaie.
Capital : somme d'argent conséquente.
Dépensier : qui dépense au-delà de ce qui est nécessaire.
Dette : argent dû à une personne.
Dispendieux : cher.
Économe : personne veillant à limiter ses dépenses.
Estimer : déterminer la valeur d'un bien.
Indemnité : somme d'argent destinée à dédommager quelqu'un.
Intérêt : somme payée pour rémunérer l'argent emprunté.
Louis : pièce de monnaie en or.
Pécule : petite somme d'argent acquise peu à peu.
Pingre : très avare.
Sou : ancienne pièce de monnaie, de faible valeur (cinq centimes de franc).
Usurier : personne prêtant de l'argent avec un taux d'intérêt très élevé.

À l'aide d'un dictionnaire si nécessaire, indiquez le sens des expressions suivantes :

a. Argent de poche
b. Argent sale
c. Prendre pour argent comptant
d. Argent liquide
e. Jeter l'argent par les fenêtres
f. Être sans le sou

À vous de créer

❶ *Transformer un extrait d'une nouvelle en scène de théâtre et la mettre en scène*

Par groupes de deux élèves, vous allez transformer l'épisode de la rencontre entre Mme Oreille et le directeur de la compagnie d'assurances (*Le Parapluie*, p. 36-40, l. 200-300) en une scène de théâtre que vous jouerez ensuite.

Étape 1. Réécriture du passage

– Relisez attentivement l'extrait. Au brouillon, notez ce que doit souligner votre mise en scène : quelles sont les émotions et les réactions des personnages ? Quels sont les détails amusants ?

– Délimitez les différentes étapes du passage. Réécrivez-le sous la forme d'une scène de théâtre : pour cela, transformez les prises de parole au discours direct en répliques théâtrales. Appuyez-vous sur les passages narratifs pour rédiger des didascalies.

Étape 2. Mise en scène

– Dressez la liste des éléments de décor et des accessoires nécessaires à la représentation.

– Repérez dans les didascalies que vous avez rédigées tous les éléments qui vous aideront à interpréter votre rôle. Déterminez les gestes, les intonations et les déplacements que vous devrez adopter pour rendre la scène vivante.

– Répartissez-vous les rôles et apprenez vos répliques par cœur.

– Répétez avec votre camarade afin d'incarner les personnages et de donner vie au texte.

Étape 3. Représentation

– Procurez-vous les accessoires nécessaires à la représentation (un parapluie endommagé, du matériel de bureau…), ainsi qu'un costume approprié.

– Jouez la scène devant vos camarades.

❷ *Publier un recueil de nouvelles réalistes en ligne*

Par groupes de deux élèves, vous allez écrire une nouvelle réaliste comportant une chute, à la manière de celles de Maupassant. Vous mettrez en commun les récits réalisés par les élèves de votre classe afin de les publier sur un blog.

Étape 1. Réflexion au brouillon

– Déterminez le cadre du récit : votre nouvelle se déroulera au XXIe siècle, dans une ville qui vous est familière.
– Construisez l'intrigue : inventez un personnage et imaginez un épisode qui fera basculer son existence. La fin de votre récit doit s'apparenter à une chute et surprendre le lecteur.
– Imaginez des indices discrets annonçant la chute, et que vous introduirez dans les différentes étapes du récit.

Étape 2. Rédaction

– À l'aide d'un logiciel de traitement de texte, écrivez votre récit : il sera rédigé à la troisième personne.
– Veillez au bon usage des temps du passé et insérez au moins un dialogue.
– Relisez attentivement votre texte, faites toutes les corrections nécessaires (orthographe et expression).
– Trouvez un titre à votre nouvelle.

Étape 3. Publication

– Connectez-vous à l'adresse indiquée par votre professeur. Entrez votre mot de passe et votre identifiant pour accéder à l'espace d'administration.
– Cliquez sur « publier une nouvelle » pour afficher la page sur laquelle vous allez copier votre texte. Veillez à relire attentivement la nouvelle avant sa publication définitive.

Étape 4. Lecture et commentaires en ligne

Chaque groupe d'élèves lit les nouvelles imaginées par ses camarades et rédige un commentaire pour chacune d'entre elles : la nouvelle vous a-t-elle plu ? Aviez-vous pressenti la chute, ou celle-ci vous a-t-elle surpris(e) ?

Groupements de textes

Groupement 1

Pour l'amour de l'or

Molière, *L'Avare*

Dans cette comédie, Molière (1622-1673) dépeint les excès d'Harpagon, un vieillard riche et avare, qui exerce sa tyrannie sur tout son entourage. Le vieil homme a enterré dans son jardin un coffret contenant dix mille écus d'or, et il est obsédé par la crainte qu'on le lui dérobe. Dans cette scène, ses soupçons se portent sur La Flèche, le valet de son fils.

LA FLÈCHE. – Hé bien ! je sors.

HARPAGON. – Attends. Ne m'emportes-tu rien ?

LA FLÈCHE. – Que vous emporterais-je ?

HARPAGON. – Viens çà, que je voie. Montre-moi tes mains.

LA FLÈCHE. – Les voilà.

HARPAGON. – Les autres.

LA FLÈCHE. – Les autres ?

HARPAGON. – Oui.

LA FLÈCHE. – Les voilà.

Harpagon. – N'as-tu rien mis ici dedans ?

La Flèche. – Voyez vous-même.

Harpagon, *il tâte le bas de ses chausses.* – Ces grands hauts-de-chausses[1] sont propres à devenir les receleurs[2] des choses qu'on dérobe ; et je voudrais qu'on en eût fait pendre quelqu'un[3].

La Flèche. – Ah ! qu'un homme comme cela mériterait bien ce qu'il craint ! et que j'aurais de joie à le voler !

Harpagon. – Euh ?

La Flèche. – Quoi ?

Harpagon. – Qu'est-ce que tu parles de voler ?

La Flèche. – Je dis que vous fouillez bien partout, pour voir si je vous ai volé.

Harpagon. – C'est ce que je veux faire.

Il fouille dans les poches de La Flèche.

La Flèche. – La peste soit de l'avarice et des avaricieux !

Harpagon. – Comment ? que dis-tu ?

La Flèche. – Ce que je dis ?

Harpagon. – Oui, qu'est-ce que tu dis d'avarice et d'avaricieux ?

La Flèche. – Je dis que la peste soit de l'avarice et des avaricieux.

Harpagon. – De qui veux-tu parler ?

La Flèche. – Des avaricieux.

Harpagon. – Et qui sont-ils ces avaricieux ?

La Flèche. – Des vilains et des ladres[4].

Molière, *L'Avare* [1668], acte I, scène 3, Belin-Gallimard, « Classico », 2013.

---

1. Hauts-de-chausses : pantalons courts s'arrêtant à hauteur des genoux.
2. Propres à devenir les receleurs : idéals pour cacher.
3. Qu'on en eût fait pendre quelqu'un : que quelqu'un ait été pendu pour avoir caché son larcin dans un haut-de-chausse.
4. Vilains, ladres : avares.

Jean de La Fontaine, « L'avare qui a perdu son trésor »

Si Jean de La Fontaine (1621-1695) s'est essayé à de nombreux genres, comme le conte ou le théâtre, c'est pour ses douze livres de fables qu'on connaît cet auteur. Décrivant les comportements humains, le fabuliste dénonce les vices des hommes, comme ici l'avarice, par des récits auxquels une morale donne tout leur sens.

L'avare qui a perdu son trésor

L'usage seulement fait la possession.
Je demande à ces gens de qui la passion
Est d'entasser toujours, mettre somme sur somme,
Quel avantage ils ont que n'ait pas un autre homme.
Diogène [1] là-bas [2] est aussi riche qu'eux,
Et l'avare ici-haut comme lui vit en gueux [3].
L'homme au trésor caché qu'Ésope [4] nous propose,
Servira d'exemple à la chose.

Ce malheureux attendait,
Pour jouir de son bien, une seconde vie;
Ne possédait pas l'or, mais l'or le possédait.
Il avait dans la terre une somme enfouie,
Son cœur avec, n'ayant autre déduit [5]
Que d'y ruminer jour et nuit,
Et rendre sa chevance [6] à lui-même sacrée.
Qu'il allât ou qu'il vînt, qu'il bût ou qu'il mangeât,
On l'eût pris de bien court, à moins qu'il ne songeât
À l'endroit où gisait cette somme enterrée.
Il y fit tant de tours qu'un fossoyeur [7] le vit,

---

1. **Diogène** (vers 404-vers 323 av. J.-C.): philosophe grec qui méprisait les richesses et vivait dans la plus grande pauvreté.
2. **Là-bas**: dans les Enfers, par opposition à « ici-haut », sur la terre.
3. **Gueux**: personne réduite à une extrême pauvreté et qui doit mendier pour subsister.
4. **Ésope** (VIIe-VIe siècles av. J.-C.): fabuliste grec de l'Antiquité dont s'inspire La Fontaine.
5. **Déduit**: plaisir.
6. **Chevance**: bien que l'on possède.
7. **Fossoyeur**: personne qui creuse les tombes.

Se douta du dépôt, l'enleva sans rien dire.
Notre avare, un beau jour, ne trouva que le nid.
Voilà mon homme aux pleurs; il gémit, il soupire.
Il se tourmente, il se déchire.
Un passant lui demande à quel sujet ses cris.
« C'est mon trésor que l'on m'a pris.
– Votre trésor? où pris? – Tout joignant[1] cette pierre.
– Eh! sommes-nous en temps de guerre
Pour l'apporter si loin? N'eussiez-vous pas mieux fait
De le laisser chez vous en votre cabinet[2],
Que de le changer de demeure?
Vous auriez pu sans peine y puiser à toute heure.
– À toute heure, bons Dieux! ne tient-il qu'à cela?
L'argent vient-il comme il s'en va?
Je n'y touchais jamais. – Dites-moi donc, de grâce
Reprit l'autre, pourquoi vous vous affligez tant,
Puisque vous ne touchiez jamais à cet argent,
Mettez une pierre à la place,
Elle vous vaudra tout autant. »

Jean de La Fontaine, *Fables* [1668], livre IV,
Gallimard, « Folio classique », 1991.

Honoré de Balzac, *Le Colonel Chabert*

Dans ce court roman, Honoré de Balzac (1799-1850) raconte l'histoire d'un colonel de l'armée napoléonienne que tous croyaient mort au combat. De retour à Paris, il apprend que son épouse, la comtesse Ferraud, a usé de moyens malhonnêtes et immoraux pour tirer le plus d'argent possible de sa succession. Il doit alors choisir entre retrouver son épouse ou sa fortune.

– Et ma fortune?
– Vous vous croyez donc une grande fortune?
– N'avais-je pas trente mille livres de rente[3]?

---

1. **Tout joignant**: près de.
2. **Cabinet**: meuble comportant des tiroirs fermant à clé.
3. **Livres**: ancienne monnaie; **rente**: revenu annuel produit par des biens possédés.

– Mon cher colonel, vous aviez fait, en 1799, avant votre mariage, un testament qui léguait le quart de vos biens aux hospices[1].

– C'est vrai.

– Eh ! bien, vous censé[2] mort, n'a-t-il pas fallu procéder à un inventaire, à une liquidation afin de donner ce quart aux hospices ? Votre femme ne s'est pas fait scrupule de tromper les pauvres. L'inventaire, où sans doute elle s'est bien gardée de mentionner l'argent comptant, les pierreries, où elle aura produit peu d'argenterie, et où le mobilier a été estimé à deux tiers au-dessous du prix réel, soit pour la favoriser, soit pour payer moins de droits au fisc[3], et aussi parce que les commissaires-priseurs sont responsables de leurs estimations, l'inventaire ainsi fait a établi six cent mille francs de valeurs. Pour sa part, votre veuve avait droit à la moitié. Tout a été vendu, racheté par elle, elle a bénéficié[4] sur tout, et les hospices ont eu leurs soixante-quinze mille francs. Puis, comme le fisc héritait de vous, attendu que[5] vous n'aviez pas fait mention de votre femme dans votre testament, l'Empereur a rendu par un décret à votre veuve la portion qui revenait au domaine public. Maintenant, à quoi avez-vous droit ? à trois cent mille francs seulement, moins les frais.

– Et vous appelez cela la justice ? dit le colonel ébahi.

– Mais, certainement…

– Elle est belle.

– Elle est ainsi, mon pauvre colonel. Vous voyez que ce que vous avez cru facile ne l'est pas. Mme Ferraud peut même vouloir garder la portion qui lui a été donnée par l'Empereur.

– Mais elle n'était pas veuve, le décret est nul…

– D'accord. Mais tout se plaide[6]. Écoutez-moi. Dans ces circonstances, je crois qu'une transaction[7] serait, et pour vous et pour

---

1. **Hospices** : établissements qui accueillaient les nécessiteux (malades, vieillards, orphelins).
2. **Censé** : supposé.
3. **Fisc** : institution chargée du calcul et de la perception des impôts.
4. **Bénéficié** : fait des bénéfices, tiré du profit.
5. **Attendu que** : puisque.
6. **Tout se plaide** : tout peut être argumenté, défendu lors d'un procès.
7. **Transaction** : compromis, négociation financière.

elle, le meilleur dénouement du procès. Vous y gagnerez une fortune plus considérable que celle à laquelle vous auriez droit.

– Ce serait vendre ma femme !

– Avec vingt-quatre mille francs de rente, vous aurez, dans la position où vous vous trouvez, des femmes qui vous conviendront mieux que la vôtre, et qui vous rendront plus heureux. Je compte aller voir aujourd'hui même Mme la comtesse Ferraud afin de sonder le terrain ; mais je n'ai pas voulu faire cette démarche sans vous en prévenir.

Honoré de Balzac, *Le Colonel Chabert* [1832], Belin-Gallimard, « Classico », 2011.

Émile Zola, *La Curée*

Aristide Saccard, personnage principal du roman d'Émile Zola (1840-1902), est venu faire fortune à Paris. Prêt à tout pour réussir, il se sert de son emploi à la mairie de Paris pour s'enrichir de façon malhonnête. Dans ce passage, il dîne au restaurant avec son épouse Angèle ; la vue de Paris lui semble une promesse de sa fortune à venir.

Ce jour-là, ils dînèrent au sommet des buttes, dans un restaurant dont les fenêtres s'ouvraient sur Paris, sur cet océan de maisons aux toits bleuâtres, pareils à des flots pressés emplissant l'immense horizon. Leur table était placée devant une des fenêtres. Ce spectacle des toits de Paris égaya[1] Saccard. Au dessert, il fit apporter une bouteille de bourgogne. Il souriait à l'espace, il était d'une galanterie inusitée[2]. Et ses regards, amoureusement, redescendaient toujours sur cette mer vivante et pullulante[3], d'où sortait la voix profonde des foules. On était à l'automne ; la ville, sous le grand ciel pâle, s'alanguissait[4], d'un gris doux et tendre, piqué çà et là de verdures sombres, qui ressemblaient à de larges feuilles de nénuphars nageant sur un lac ; le soleil se couchait dans un nuage rouge, et, tandis que les fonds s'emplissaient d'une brume légère, une poussière d'or, une rosée d'or tombait sur la

1. **Égaya** : réjouit.
2. **Galanterie inusitée** : amabilité inhabituelle.
3. **Pullulante** : grouillante, pleine de monde.
4. **S'alanguissait** : perdait sa vigueur, s'amollissait.

rive droite de la ville, du côté de la Madeleine et des Tuileries. C'était comme le coin enchanté d'une cité des mille et une nuits, aux arbres d'émeraude, aux toits de saphir, aux girouettes[1] de rubis. Il vint un moment où le rayon qui glissait entre deux nuages fut si resplendissant, que les maisons semblèrent flamber et se fondre comme un lingot d'or dans un creuset[2].

« Oh ! vois, dit Saccard, avec un rire d'enfant, il pleut des pièces de vingt francs dans Paris ! »

Angèle se mit à rire à son tour, en accusant ces pièces-là de n'être pas faciles à ramasser. Mais son mari s'était levé, et, s'accoudant sur la rampe de la fenêtre :

« C'est la colonne Vendôme, n'est-ce pas, qui brille là-bas ? Ici, plus à droite, voilà la Madeleine… Un beau quartier, où il y a beaucoup à faire… Ah ! cette fois, tout va brûler ! Vois-tu ? On dirait que le quartier bout dans l'alambic[3] de quelque chimiste. »

Émile Zola, *La Curée* [1871], chap. II, Gallimard, « Folio classique », 1999.

Villiers de L'Isle-Adam, *Virginie et Paul*

Dans ses *Contes cruels*, recueil de nouvelles publié en 1883, Villiers de L'Isle-Adam (1838-1889) souligne avec une ironie provocatrice les travers et la cruauté qu'il observe chez ses contemporains. Parodiant un roman de Bernardin de Saint-Pierre, *Paul et Virginie*, dont les héros purs et vertueux étaient le symbole d'un amour parfait, l'auteur souligne ici la cupidité de deux futurs époux.

– Paul ! mon cher cousin !

– Donnez-moi votre main à travers la grille, Virginie. Oh ! mais est-elle jolie, au moins ! Tenez, c'est un bouquet que j'ai cueilli dans le jardin de papa. Il ne coûte pas d'argent, mais c'est de cœur[4].

---

1. **Girouettes** : instruments placés en haut des édifices pour indiquer la direction du vent.
2. **Creuset** : récipient utilisé pour fondre le métal.
3. **Alambic** : appareil servant à la distillation.
4. **C'est de cœur** : c'est offert avec amour.

– Merci, Paul. – Mais comme il est essoufflé ! Comme il a couru !

– Ah ! c'est que papa a fait une affaire, aujourd'hui, une affaire très belle ! Il a acheté un petit bois à moitié prix. Des gens étaient obligés de vendre vite ; une bonne occasion. Alors, comme il était content de la journée, je suis resté avec lui pour qu'il me donnât un peu d'argent ; et puis je me suis pressé pour arriver à l'heure.

– Nous serons mariés dans trois ans, si vous passez bien vos examens, Paul !

– Oui, je serai un avocat. Quand on est un avocat, on attend quelques mois pour être connu. Et puis, on gagne, aussi, un peu d'argent.

– Souvent beaucoup d'argent !

– Oui. Est-ce que vous êtes heureuse au pensionnat, ma cousine ?

– Oh ! oui, Paul. Surtout depuis que Mme Pannier a pris de l'extension[1]. D'abord, on n'était pas si bien ; mais, maintenant, il y a ici des jeunes filles des châteaux. Je suis l'amie de toutes ces demoiselles. Oh ! elles ont de bien jolies choses. Et alors, depuis leur arrivée, nous sommes bien mieux, bien mieux, parce que Mme Pannier peut dépenser un peu plus d'argent.

– C'est égal, ces vieux murs… Ce n'est pas très gai d'être ici.

– Si ! on s'habitue à ne pas les regarder. Mais, voyons, Paul, avez-vous été voir notre bonne tante ? Ce sera sa fête dans six jours ; il faudra lui écrire un *compliment*[2]. Elle est si bonne !

– Je ne l'aime pas beaucoup, moi, ma tante ! Elle m'a donné, l'autre fois, de vieux bonbons du dessert, au lieu, enfin, d'un vrai cadeau : soit une jolie bourse, soit des petites pièces pour mettre dans ma tirelire.

– Paul, Paul, ce n'est pas bien. Il faut être toujours bien aimant avec elle et la ménager. Elle est vieille et elle nous laissera, aussi, un peu d'argent…

Villiers de L'Isle-Adam, *Virginie et Paul* [1883],
dans *Contes cruels*, Gallimard, « Folio classique », 1983.

---

1. **A pris de l'extension** : accueille davantage de pensionnaires.
2. **Compliment** : petit discours élogieux adressé à une personne.

Groupement 2

Paris vu par des poètes et des écrivains

Paul Verlaine, « Croquis parisien »

C'est dans le premier recueil publié par Paul Verlaine (1844-1896), intitulé *Poèmes saturniens*, que se trouve ce « Croquis [1] parisien ». Le paysage urbain décrit dans ce poème, à la fois sombre et moderne, semble le reflet de l'état d'âme d'un poète nostalgique du temps passé.

Croquis parisien

La lune plaquait ses teintes de zinc [2]
Par angles obtus [3].
Des bouts de fumée en forme de cinq
Sortaient drus [4] et noirs des hauts toits pointus.

Le ciel était gris. La bise [5] pleurait
Ainsi qu'un basson [6].
Au loin, un matou frileux et discret
Miaulait d'étrange et grêle [7] façon.

Moi, j'allais, rêvant du divin Platon [8]
Et de Phidias [9],
Et de Salamine et de Marathon [10],
Sous l'œil clignotant des bleus becs de gaz [11].

Paul Verlaine, *Poèmes saturniens* [1866], Belin-Gallimard, « Classico », 2013.

---

1. **Croquis** : dessin.
2. **Zinc** : métal brillant qui couvre certains toits parisiens.
3. **Angles obtus** : angles dont la mesure est supérieure à 90°.
4. **Drus** : pointus.
5. **Bise** : vent froid.
6. **Basson** : instrument à vent.
7. **Grêle** : faible.
8. **Platon** : philosophe grec des IVe et Ve siècles av. J.-C.
9. **Phidias** : sculpteur grec du Ve siècle av. J.-C.
10. **Salamine, Marathon** : grandes batailles ayant opposé les Grecs aux Perses au Ve siècle av. J.-C.
11. **Becs de gaz** : réverbères alimentés au gaz, signes de la modernité de la ville.

Gustave Flaubert, *L'Éducation sentimentale*

Dans les premiers paragraphes de ce roman de Gustave Flaubert (1821-1880) publié en 1869, le personnage principal, Frédéric Moreau, s'éloigne avec regret de Paris. L'effervescence du départ contraste avec l'immobilité du héros.

Le 15 septembre 1840, vers six heures du matin, la *Ville-de-Montereau*[1], près de partir, fumait à gros tourbillons devant le quai Saint-Bernard.

Des gens arrivaient hors d'haleine ; des barriques[2], des câbles, des corbeilles de linge gênaient la circulation ; les matelots ne répondaient à personne ; on se heurtait ; les colis montaient entre les deux tambours[3], et le tapage s'absorbait dans le bruissement de la vapeur, qui, s'échappant par des plaques de tôle, enveloppait tout d'une nuée blanchâtre, tandis que la cloche, à l'avant, tintait sans discontinuer.

Enfin le navire partit ; et les deux berges[4], peuplées de magasins, de chantiers et d'usines, filèrent comme deux larges rubans que l'on déroule.

Un jeune homme de dix-huit ans, à longs cheveux et qui tenait un album sous son bras, restait auprès du gouvernail, immobile. À travers le brouillard, il contemplait des clochers, des édifices dont il ne savait pas les noms ; puis il embrassa, dans un dernier coup d'œil, l'île Saint-Louis, la Cité, Notre-Dame ; et bientôt, Paris disparaissant, il poussa un grand soupir.

M. Frédéric Moreau, nouvellement reçu bachelier, s'en retournait à Nogent-sur-Seine, où il devait languir[5] pendant deux mois, avant d'aller faire son droit[6]. Sa mère, avec la somme indispensable, l'avait envoyé au Havre voir un oncle, dont elle espérait, pour lui, l'héritage ; il en était revenu la veille seulement ; et il se

1. Nom du bateau.
2. Barriques : tonneaux.
3. Tambours : appareils sur lesquels s'enroulent les câbles des treuils destinés à hisser des marchandises à bord.
4. Berges : bords du fleuve.
5. Languir : souffrir à force de s'ennuyer.
6. Faire son droit : suivre des études de droit.

dédommageait de ne pouvoir séjourner dans la capitale, en regagnant sa province par la route la plus longue.

Gustave Flaubert, *L'Éducation sentimentale* [1869], Gallimard, « Folio classique », 2005.

Guy de Maupassant, *Bel-Ami*

Dans son roman *Bel-Ami*, Maupassant (1850-1893) dépeint un arriviste qui utilise son pouvoir de séduction auprès des femmes pour gravir les échelons de la réussite sociale. Au début du roman, ce personnage nommé Georges Duroy n'est encore qu'un jeune provincial qui souffre de sa pauvreté ; il se promène dans les rues de Paris.

C'était une de ces soirées d'été où l'air manque dans Paris. La ville, chaude comme une étuve[1], paraissait suer dans la nuit étouffante. Les égouts soufflaient par leurs bouches de granit[2] leurs haleines empestées, et les cuisines souterraines jetaient à la rue, par leurs fenêtres basses, les miasmes[3] infâmes des eaux de vaisselle et des vieilles sauces.

Les concierges, en manches de chemise, à cheval sur des chaises en paille, fumaient la pipe sous des portes cochères[4], et les passants allaient d'un pas accablé, le front nu, le chapeau à la main.

Quand Georges Duroy parvint au boulevard, il s'arrêta encore, indécis sur ce qu'il allait faire. Il avait envie maintenant de gagner les Champs-Élysées et l'avenue du bois de Boulogne pour trouver un peu d'air frais sous les arbres ; mais un désir aussi le travaillait, celui d'une rencontre amoureuse.

Comment se présenterait-elle ? Il n'en savait rien, mais il l'attendait depuis trois mois, tous les jours, tous les soirs. Quelquefois cependant, grâce à sa belle mine et à sa tournure galante[5],

---

1. **Étuve** : chambre dont on élève la température pour faire transpirer.
2. **Granit** : pierre très dure.
3. **Miasmes** : odeurs malsaines.
4. **Portes cochères** : portes assez larges pour permettre le passage des voitures à cheval.
5. **Tournure galante** : allure séduisante.

il volait, par-ci, par-là, un peu d'amour, mais il espérait toujours plus et mieux. La poche vide et le sang bouillant, il s'allumait au contact des rôdeuses[1] qui murmurent, à l'angle des rues : « Venez-vous chez moi, joli garçon ? » mais il n'osait les suivre, ne les pouvant payer ; et il attendait aussi autre chose, d'autres baisers, moins vulgaires.

Il aimait cependant les lieux où grouillent les filles publiques[2], leurs bals, leurs cafés, leurs rues ; il aimait les coudoyer[3], leur parler, les tutoyer, flairer leurs parfums violents, se sentir près d'elles. C'étaient des femmes enfin, des femmes d'amour. Il ne les méprisait point du mépris inné[4] des hommes de famille.

Guy de Maupassant, *Bel-Ami* [1885],
Belin-Gallimard, « Classico », 2009.

Guillaume Apollinaire, « Le pont Mirabeau »

Le poète Guillaume Apollinaire (1880-1918) s'efforce de retranscrire dans ses poèmes le surgissement du monde moderne. Supprimant toute ponctuation, il évoque ici le sentiment amoureux et la fuite du temps, et est inspiré par un célèbre pont parisien sur lequel il avait l'habitude de se promener.

Le pont Mirabeau

Sous le pont Mirabeau coule la Seine
Et nos amours
Faut-il qu'il m'en souvienne
La joie venait toujours après la peine.

Vienne la nuit sonne l'heure
Les jours s'en vont je demeure

1. **Rôdeuses** : prostituées.
2. **Filles publiques** : prostituées.
3. **Coudoyer** : frôler.
4. **Inné** : naturel, de naissance.

Les mains dans les mains restons face à face
Tandis que sous
Le pont de nos bras passe
Des éternels regards l'onde[1] si lasse

Vienne la nuit sonne l'heure
Les jours s'en vont je demeure

L'amour s'en va comme cette eau courante
L'amour s'en va
Comme la vie est lente
Et comme l'Espérance est violente

Vienne la nuit sonne l'heure
Les jours s'en vont je demeure

Passent les jours et passent les semaines
Ni temps passé
Ni les amours reviennent
Sous le pont Mirabeau coule la Seine

Vienne la nuit sonne l'heure
Les jours s'en vont je demeure

Guillaume Apollinaire, *Alcools* [1920],
Belin-Gallimard, « Classico », 2009.

Jacques Prévert, « La Seine a rencontré Paris »

Jacques Prévert (1900-1977) a grandi dans les quartiers populaires de Paris, et c'est dans un langage simple qu'il aime évoquer la grande cité. Ce long poème en vers libres livre au lecteur différents points de vue sur le fleuve qui coule au cœur de Paris. L'absence de ponctuation peut évoquer le mouvement de la Seine dont l'écoulement n'est jamais interrompu.

1. **Onde** : mot poétique désignant l'eau.

La Seine a rencontré Paris

Qui est là
toujours là dans la ville
et qui pourtant sans cesse arrive
et qui pourtant sans cesse s'en va

C'est un fleuve
répond un enfant
un devineur de devinettes
Et puis l'œil brillant il ajoute
Et le fleuve s'appelle la Seine
quand la ville s'appelle Paris
et la Seine c'est comme une personne
Des fois elle court elle va très vite
elle presse le pas quand tombe le soir
Des fois au printemps elle s'arrête
et vous regarde comme un miroir
et elle pleure si vous pleurez
ou sourit pour vous consoler
et toujours elle éclate de rire
quand arrive le soleil d'été
La Seine dit un chat
c'est une chatte
elle ronronne en me frôlant
Ou peut-être que c'est une souris
qui joue avec moi puis s'enfuit
La Seine c'est une belle fille de dans le temps
une jolie fille du French Cancan [1]
dit un très vieil Old Man River [2]
un gentleman de la misère
et dans l'écume du sillage
d'un lui aussi très vieux chaland [3]

---

1. French Cancan : type de spectacle né au XIXe siècle à Paris, au cours duquel des danseuses soulèvent leur jupe pour laisser apparaître leurs dessous.
2. Old Man River : titre d'une chanson américaine composée en 1927 (jeu de mots).
3. Chaland : grand bateau plat servant au transport des marchandises sur les rivières.

il retrouve les galantes[1] images
du bon vieux temps tout froufroutant

La Seine
dit un manœuvre[2]
un homme de peine de rêves de muscles et de sueur
La Seine c'est une usine
La Seine c'est le labeur
En amont en aval toujours la même manivelle
des fortunes de pinard[3] de charbon et de blé
qui remontent et descendent le fleuve
en suivant le cours de la Bourse
des fortunes de bouteilles et de verre brisé
des trésors de ferraille rouillée
de vieux lits-cages[4] abandonnés
ré-cu-pé-rés

Jacques Prévert, *Choses et autres* [1972], Gallimard, « Folio », 1975.

1. **Galantes** : séduisantes.
2. **Manœuvre** : ouvrier exécutant des tâches manuelles.
3. **Pinard** : vin (familier).
4. **Lits-cages** : lits d'enfants munis de barreaux.

Autour de l'œuvre

Interview imaginaire de Guy de Maupassant

Vous qui peignez la vie parisienne dans vos nouvelles, êtes-vous parisien ?

À l'origine, je ne suis pas un citadin. Je suis né en Normandie, en 1850, près de Dieppe. Mes parents se sont rapidement séparés, et j'ai grandi avec mon frère auprès de ma mère, dans un château près d'Étretat. J'ai eu la chance de vivre une enfance très libre, au bord de la mer mais aussi dans la campagne, où j'ai côtoyé le milieu paysan. J'ai ensuite passé mon baccalauréat au lycée de Rouen. Ce n'est qu'après la guerre franco-prussienne de 1870, pour laquelle j'ai été mobilisé, que j'ai véritablement découvert la capitale, où j'ai débuté une carrière de fonctionnaire au ministère de la Marine, en 1872.

Guy de Maupassant (1850-1893)

▶▶| *Quel souvenir gardez-vous de cette première expérience professionnelle ?*

Je me suis profondément ennuyé dans ce ministère ! Quelques années après mon arrivée à la Marine, j'ai obtenu un poste au ministère de l'Instruction publique. Il ne m'a pas plus passionné. Chaque semaine, j'attendais avec hâte le dimanche pour rejoindre mes amis sur les bords de la Seine, où nous faisions des promenades en canot, accompagnés de jolies femmes. Mon travail au ministère m'a cependant permis d'observer mes collègues. L'univers de ces petits employés de bureau, dont je faisais alors partie, m'a inspiré de nombreux récits : certains de mes anciens collègues ont sans doute pu se reconnaître en M. Lantin ou M. Loisel.

▶▶| *D'où votre vocation littéraire vous est-elle venue ?*

C'est peut-être cet ennui dont je souffrais à mon travail qui m'a poussé à écrire. Mais j'ai d'abord été élevé dans l'amour des livres : ma mère me faisait lire des œuvres classiques, comme les pièces de William Shakespeare. J'ai également eu la chance que le romancier Gustave Flaubert soit l'un de ses amis. Il m'a fait l'honneur de lire mes premiers écrits, et par la suite il n'a cessé de me conseiller et de guider mes pas d'écrivain. J'admirais l'ironie présente dans ses romans et sa capacité à observer le monde qui nous entoure.

▶▶| *Quand votre carrière d'écrivain a-t-elle réellement débuté ?*

Mon premier conte, *La Main d'écorché*, a été publié en 1875, puis c'est encore Flaubert qui m'a donné l'occasion de fréquenter de grands écrivains, parmi lesquels Émile Zola. Cette rencontre a été déterminante pour ma carrière. Avec quelques jeunes auteurs, j'ai participé aux réunions que Zola organisait, et nous avons publié en 1880 un recueil collectif intitulé *Les Soirées de Médan*, dans lequel figure *Boule de suif*. Ce texte a été mon premier grand succès : elle a en effet été considérée comme la meilleure nouvelle du recueil.

▶▶| *1880 a été pour vous une année cruciale : pouvez-vous nous expliquer pourquoi ?*

En 1880, joie et désespoir se sont mêlés pour moi : j'ai perdu mon guide et conseiller Flaubert, qui est mort cette année-là, mais le succès de ma nouvelle *Boule de suif* m'a ouvert les portes de différents journaux, dans lesquels j'ai publié régulièrement critiques et récits. L'année suivante, le succès qu'a rencontré mon premier recueil de nouvelles, *La Maison Tellier*, m'a permis de quitter définitivement l'administration pour me consacrer à la littérature. Je n'ai alors plus cessé d'écrire : en dix ans, j'ai publié six romans, comme *Une vie* en 1883 ou *Bel-Ami* en 1885, et près de trois cents nouvelles. J'ai composé beaucoup d'œuvres réalistes, mais aussi des récits fantastiques qui ont eu beaucoup de succès, comme *Le Horla* en 1887.

Certains lecteurs considèrent que votre œuvre exprime un certain pessimisme. Êtes-vous d'accord avec eux ?

Je n'ai fait qu'observer le monde et les hommes, même si mon regard personnel et mon analyse ont bien sûr nourri mon écriture. J'aime user de l'ironie : les humains sont si souvent risibles. Mais ils m'émeuvent aussi, et j'essaie de communiquer à mes lecteurs la pitié que je ressens à l'égard de certains de mes personnages. Mon regard ainsi qualifié de pessimiste est sans doute aussi l'expression de ma grande sensibilité.

Contexte historique et culturel

Du Second Empire à la IIIe République

Maupassant naît en 1850. Un an plus tard, Louis-Napoléon Bonaparte (1808-1873), qui a été élu président de la République en décembre 1848, organise un coup d'État puis se fait sacrer empereur, devenant Napoléon III. C'est le début du Second Empire.

En 1870, une guerre oppose la France à l'Allemagne. L'empereur est fait prisonnier, ce qui entraîne la chute du Second Empire et l'instauration de la IIIe République.

En mars 1871, le peuple parisien, qui a beaucoup souffert de la guerre, se soulève contre le gouvernement et élit un Conseil de la Commune. Cette insurrection est finalement réprimée de façon très violente au mois de mai 1871.

Une période d'essor économique et technique

Durant le régime autoritaire de Napoléon III, la France connaît vingt années de prospérité économique. Sous l'impulsion du préfet Haussmann, la ville de Paris est alors profondément transformée : de larges boulevards remplacent les rues étroites, des immeubles élégants sont construits. Le mélange des classes sociales disparaît dans les quartiers de la ville (le peuple se déplace vers l'Est de Paris et les classes favorisées occupent l'Ouest).

Jusqu'à la fin du XIXe siècle, les progrès techniques (automobiles, avions, cinéma) et les avancées scientifiques (vaccination, découverte de la radioactivité) se multiplient.

Les avancées sociales et les progrès de l'alphabétisation

Entre 1881 et 1884 sont votées des lois fondamentales, qui font profondément évoluer la société : lois sur l'enseignement primaire laïc et obligatoire, sur la liberté de la presse, sur le droit syndical, ou sur le droit au divorce.

Tout au long du XIXe siècle, l'alphabétisation a été en constante augmentation. En 1900, presque tous les Français maîtrisent au moins les rudiments de la lecture et de l'écriture alors qu'avant la Révolution de 1789, la moitié seulement savait signer son nom.

Par conséquent, la lecture devient progressivement un loisir populaire. Les journaux publient des histoires en plusieurs épisodes, appelées « romans-feuilletons », ainsi que des récits brefs, très appréciés du public, ce qui explique l'essor du genre de la nouvelle au XIXe siècle.

Réalisme et naturalisme

Dans la seconde moitié du XIXe siècle, la littérature est dominée par le mouvement réaliste : les écrivains puisent leur inspiration dans l'observation de la réalité et prétendent la reproduire fidèlement. Leurs œuvres veulent montrer un reflet de la société contemporaine. Émile Zola (1840-1902) fonde le courant naturaliste, qui poursuit l'analyse de la société, tout en s'interrogeant sur la transmission des défauts moraux au sein de la famille : il publie une série de vingt romans, *Les Rougon-Macquart*, œuvre qu'il sous-titre « Histoire naturelle et sociale d'une famille sous le Second Empire ».

Si Maupassant s'inscrit dans ces courants, il a toujours souligné l'importance du travail de l'artiste, qui ne saurait se contenter de décrire le réel, mais qui a aussi un rôle d'analyse et d'interprétation.

Le réalisme est aussi présent dans les autres arts, notamment la peinture : Gustave Courbet (1819-1877) s'y rattache par exemple. Mais un autre courant, l'impressionnisme, voit le jour en 1874 : des peintres comme Claude Monet (1840-1926) cherchent à représenter le réel non pas avec exactitude, mais en saisissant des perceptions éphémères.

Repères chronologiques

1848	**Révolution et début de la IIe République.**
1851	**Coup d'État et début du Second Empire.**
1819-1850	Gustave Courbet, *Un enterrement à Ornans* (peinture).
1870	**Guerre franco-prussienne: défaite de la France. Proclamation de la IIIe République.**
1871	**Répression de la Commune de Paris.**
	Émile Zola, *La Fortune des Rougon* (roman).
1872	Claude Monet, *Impression, Soleil levant* (peinture).
1857	Gustave Flaubert, *Un cœur simple* (roman).
1882	**Lois sur l'enseignement obligatoire de Jules Ferry.**
1883	Guy de Maupassant, *Les Bijoux* (nouvelle).
1884	**Lois sur le droit syndical et le divorce.**
	Guy de Maupassant, *La Dot*, *Le Parapluie*, *La Parure* (nouvelles).
1885	Guy de Maupassant, *Bel-Ami* (roman).
1887	Guy de Maupassant, *Le Horla* (nouvelle fantastique).
	Arthur Rimbaud, *Illuminations* (poésie).
1889	Exposition universelle à Paris, inauguration de la tour Eiffel.
1895	Premières séances de projection cinématographique par les frères Lumière.
1898	Auguste Rodin, *La Main de Dieu* (sculpture).
1905	**Loi de séparation de l'Église et de l'État.**
1914-1918	**Première Guerre mondiale.**

Les grands thèmes de l'œuvre

Un miroir de la société

Une peinture de la classe moyenne

Les quatre nouvelles du recueil mettent en scène des personnages issus de la petite bourgeoisie, essentiellement constituée d'employés et de fonctionnaires au XIXe siècle. M. Loisel est ainsi « un petit commis du ministère de l'Instruction publique » (p. 9), M. Oreille « commis principal au ministère de la Guerre » (p. 30), M. Lantin « commis principal au ministère de l'Intérieur » (p. 65). Simon Lebrument est « notaire ». Les épouses appartiennent généralement au même milieu social : Mathilde Loisel est née « dans une famille d'employés » (p. 9), et Mme Lantin est « la fille d'un percepteur de province » (p. 65). Si certains personnages, tels M. Loisel ou M. Oreille, semblent dénués d'ambition et attachés à leur confort, d'autres à l'inverse, comme Mathilde ou Mme Lantin, n'acceptent pas leur appartenance sociale et rêvent à une existence luxueuse.

C'est lors de sa propre expérience de la vie de bureau que Maupassant a pu observer ces petits-bourgeois. Le narrateur de ses nouvelles raille discrètement leur étroitesse d'esprit : ainsi ironise-t-il sur les goûts de M. Loisel, « enchanté » à la vue d'un simple pot-au-feu (p. 10), ou sur l'extrême avarice de Mme Oreille, pour qui la moindre dépense est « une déchirure pour son cœur » (p. 29).

L'obsession de l'argent

Les anecdotes racontées dans les nouvelles sont toutes liées à la question de l'argent, dont l'omniprésence est soulignée par la précision des comptes des héros de Maupassant. Mathilde Loisel obtient « quatre cents francs » (p. 12) de son époux pour acquérir une toilette neuve pour le bal, la nouvelle parure est achetée « trente-six mille francs » (p. 17) alors que celle qui a été perdue valait « au plus cinq cents francs » (p. 20). La dot de Jeanne Cordier est de « trois cent mille francs » (p. 49) ; quant à M. Lantin, il découvre au fil du récit qu'il a hérité de « cent quatre-vingt-seize mille francs » de bijoux (p. 73).

La trame narrative des quatre nouvelles repose sur le désir d'argent de certains personnages: c'est par avarice que Mme Oreille se résout à se rendre à la compagnie d'assurances; c'est l'insatisfaction de Mathilde, qui rêve de richesse, qui provoque indirectement la ruine de son ménage; M. Lantin découvre que son épouse menait une double vie, où de riches amants la couvraient de bijoux; enfin, c'est par intérêt vénal que Simon épouse Jeanne, et pour profiter seul de l'argent de sa dot qu'il l'abandonne. L'argent est donc l'élément déclencheur des catastrophes qui font basculer la vie des personnages.

Le décor parisien

Les récits se déroulent dans la capitale. Les personnages sont parisiens, à l'exception des héros de *La Dot*, provinciaux dont la visite à Paris correspond à un basculement de leur existence.

De longues descriptions ne seraient pas appropriées dans le genre bref qu'est la nouvelle: la ville de Paris est ici esquissée plutôt que décrite. Le réalisme de Maupassant s'exprime par la mention précise des lieux parisiens: sont par exemple mentionnés la «rue de Rivoli», la «rue des Martyrs», les «Champs-Élysées», «Vaugirard», «la Madeleine». La ville est également évoquée par la mention d'endroits caractéristiques de la vie parisienne: le «grand magasin» où Mme Oreille achète le parapluie, les «ministères» où travaillent certains personnages, le «théâtre» où aime se rendre Mme Lantin, ou encore les «restaurants» et «cafés-concerts» dans lesquels Simon promet d'emmener Jeanne. La capitale est enfin évoquée au travers de moyens de transport qui la caractérisent, tels «le fiacre» ou «l'omnibus». C'est ainsi dans l'anonymat d'un Paris plus suggéré que réellement dépeint que se nouent les destinées des personnages.

Surprise et vraisemblance

Si ces nouvelles réalistes représentent un univers et des personnages familiers pour le lecteur du XIXe siècle, elles reposent cependant sur une construction narrative qui vise à surprendre le lecteur lors de la chute, sans entamer la cohérence et la vraisemblance des histoires racontées. Ces chutes pourraient avoir lieu dans la réalité, et les indices ont aussi discrètement préparé le lecteur à de tels retournements, ce qui les rend d'autant plus crédibles. La parure empruntée par Mathilde était fausse,

Mme Oreille triomphante déclare au marchand de parapluie chargé de la réparation qu'elle « ne regarde pas au prix » (p. 40), Simon s'est enfui avec la dot de Jeanne et M. Lantin, devenu riche, se remarie avec une femme « très honnête » mais s'apprête à « beaucoup souffrir » (p. 74).

Des destinées à la fois comiques et tragiques

Des personnages médiocres

Si le début d'une nouvelle peut souligner certains atouts des personnages (*La Parure*, *Les Bijoux*), les personnages de Maupassant ne présentent généralement pas de qualités louables. La construction narrative des nouvelles semble au contraire reposer sur les défauts des personnages. Mathilde est une femme insatisfaite qui jette « avec dépit » une invitation censée la réjouir (p. 11), et le récit souligne son excessive fierté. L'avarice de Mme Oreille, que le début du récit caractérise avec euphémisme d'« économe » (p. 29), justifie chaque étape de l'histoire. Simon Lebrument s'avère un escroc quand la naïveté de Jeanne confine à la bêtise. Derrière Mme Lantin dont « tout le monde chantait [les] louanges » (p. 65) se cachait une épouse infidèle, dont l'époux, lui, accepte bien rapidement l'honteux héritage.

Souvent, les personnages de Maupassant se laissent aller à leurs bas instincts et font preuve d'hypocrisie, de convoitise ou de mesquinerie. Leurs défauts produisent souvent un effet comique pour le lecteur, mais ils peuvent avoir des conséquences tragiques sur le cours de leurs existences.

Illusions et désillusions

La thématique des apparences trompeuses est largement présente dans les quatre nouvelles. La « superbe rivière de diamants » (p. 14) empruntée, que Mathilde emporte comme un « trésor », était fausse. Inversement, les bijoux dont se moquait M. Lantin ne sont finalement pas de la « pacotille » (p. 67). Ce dernier a été « invraisemblablement heureux» (p. 66) avec son épouse infidèle, mais son bonheur n'était fondé que sur des tromperies. Les tendres premiers jours du mariage de Jeanne et de Simon semblaient une promesse de bonheur idéal, mais le jeune notaire jouait un rôle, gagnant ainsi la pleine confiance de la jeune femme ensuite abandonnée. Si les personnages avaient été plus méfiants ou simplement lucides, leurs destins auraient pu être différents.

De la même manière, les récits font discrètement appel à la lucidité du lecteur, révélant la présence du narrateur. L'argent est la raison pour laquelle Simon épouse Jeanne: «il fallait, bien entendu, de l'argent» souligne le récit (p. 49). Le bijoutier n'a fourni que l'écrin de la parure de Mme Forestier (p. 17) et celle-ci prête sans difficulté une rivière de diamants supposée avoir une très grande valeur. Mme Lantin admire les bijoux précieux offerts par ses amants «comme si elle eut savouré quelque jouissance secrète et profonde» (p. 67).

Le regard du narrateur: entre ironie et pitié

L'impuissance des personnages face à leurs destins peut inspirer la compassion: la narration insiste ainsi sur les larmes de Jeanne réalisant la tromperie dont elle est victime (p. 55). Le portrait de Mathilde, après dix années de labeur, contraste douloureusement avec l'évocation de la soirée au ministère: celle qui «était plus jolie que toutes, élégante, gracieuse et folle de joie» (p. 14) est devenue «la femme forte, et dure, et rude, des ménages pauvres» (p. 19). Le chagrin de M. Lantin devenu veuf est longuement dépeint, et la révélation de l'adultère l'amène à s'évanouir en pleine rue.

Mais l'émotion suscitée semble toujours contrebalancée par le regard distancié du narrateur, qui souligne par exemple la rapidité avec laquelle M. Lantin se décide à profiter de sa nouvelle richesse. *Le Parapluie* se distingue à ce titre des autres nouvelles du recueil: nul personnage n'y suscite la pitié, si ce n'est M. Oreille que l'on voit forcé de se soumettre aux exigences de son autoritaire épouse! Le narrateur éclaire de son regard le monde qu'il dépeint, et cette vision teintée de pessimisme fait aussi souvent sourire le lecteur, en particulier lorsqu'elle propose une satire des relations conjugales. M. Oreille doit ainsi affronter un «foyer familial plus redoutable [...] qu'un champ de bataille» (p. 32), et la chute de *La Dot* laisse entendre que le cousin providentiel saura peut-être consoler la pauvre Jeanne.

Fenêtres sur...

Des ouvrages à lire

D'autres récits de Maupassant

• Guy de Maupassant, *Boule de suif* [1880], Gallimard, « Folioplus classiques », 2007.
L'armée française a perdu la guerre contre la Prusse, des habitants de Rouen prennent la diligence pour fuir. Les voyageurs regardent avec dédain Boule de suif, une jeune prostituée. Comment réagiront-ils lorsqu'un officier prussien exigera les faveurs de la jeune femme pour autoriser la diligence à repartir ? Dans cette nouvelle, Maupassant souligne la bassesse des comportements humains.

• Guy de Maupassant, *Aux champs* [1882], dans *Histoire vraie et autres nouvelles*, Belin-Gallimard, « Classico », 2008.
Un couple aisé propose d'adopter en échange d'une somme d'argent l'enfant d'une famille de paysans, qui refuse. Ils font ensuite la même proposition à leurs voisins : ceux-ci acceptent. Quels personnages seront les plus heureux de leur choix ? Dans cette nouvelle à chute, Maupassant dépeint la campagne normande et ses habitants.

- **Guy de Maupassant, *Pierre et Jean* [1888], Belin-Gallimard, « Classico », 2011.**
Un héritage brise le lien qui unissait deux frères et révèle le pouvoir de l'argent et la violence de la jalousie.

- **Guy de Maupassant, *Le Horla* [1887], Belin-Gallimard, « Classico », 2011.**
Le récit se présente sous la forme du journal intime d'un jeune homme en proie à une grande inquiétude. Sombre-t-il dans la folie ou est-il réellement tourmenté par une créature invisible ? Une nouvelle fantastique fascinante, pour découvrir un autre aspect de l'œuvre de Maupassant.

D'autres récits du XIXe siècle

- **Prosper Mérimée, *La Vénus d'Ille* [1837], Belin-Gallimard, « Classico », 2017.**
Une étrange statue de Vénus fait basculer la vie de ceux qui l'approchent. Une nouvelle pour découvrir le genre fantastique, dans lequel Maupassant s'est également illustré.

- **Émile Zola, *La Curée* [1871], Gallimard, « Folio classique », 1999.**
À travers l'ascension d'Aristide Rougon, un homme sans scrupule, Émile Zola dépeint les métamorphoses de la capitale sous le Second Empire, à l'époque des grands travaux dirigés par le baron Haussmann.

- **Gustave Flaubert, *Un cœur simple* [1877], Belin-Gallimard, « Classico », 2012.**
Ce conte retrace l'existence d'une jeune servante malmenée par un destin impitoyable. Une histoire émouvante, écrite par un auteur que Maupassant considérait comme son maître.

Des films à voir

(Toutes les œuvres citées ci-dessous sont disponibles en DVD.)

Une adaptation de *La Parure* pour le petit écran

• Claude Chabrol, *La Parure*, 2006.
Ce téléfilm, réalisé dans le cadre de la série « Chez Maupassant », respecte fidèlement la structure du conte, mais amplifie la présence de Mme Forestier auprès de Mathilde Loisel (incarnée par Cécile de France), pour mieux souligner l'opposition des deux femmes.

Une adaptation cinématographique du roman *Bel-Ami*

• Declan Donnellan, Nick Ormerod, *Bel-Ami*, 2012.
Robert Pattinson incarne l'ambitieux Georges Duroy : son obsession de la réussite fait de lui un personnage inquiétant.

@ Des sites Internet à consulter

Maupassant par les textes

• http://maupassant.free.fr
Ce site donne accès à l'intégralité de l'œuvre de Maupassant, ainsi qu'à des analyses littéraires et à un répertoire de liens.

Une synthèse sur les transformations de Paris au XIXe siècle

• www.musee-orsay.fr/fileadmin/mediatheque/integration_MO/PDF/Paris.pdf
Ce document accompagnant une exposition du musée d'Orsay retrace la mutation profonde de Paris au cours du XIXe siècle à travers une sélection de tableaux.

Un CD à écouter

• ***Nouvelles de Maupassant*, lues par Robin Renucci, Gallimard, « Écoutez lire », 2006.**
Sur ce disque, vous pourrez écouter une lecture de La Parure *par un comédien.*

Des œuvres d'art à découvrir

Histoire des arts

(Toutes les œuvres citées ci-dessous peuvent être vues sur Internet. La plupart de ces toiles sont reproduites et commentées sur le site du musée d'Orsay : www.musee-orsay.fr/)

Paris est l'un des sujets de prédilection des peintres au XIXe siècle. Leurs toiles témoignent des transformations profondes qui ont métamorphosé l'apparence de la ville, mais aussi de l'évolution des techniques et de la vie quotidienne des Parisiens :

- **Johan Barthold Jongkind, *La Seine et Notre-Dame de Paris*, huile sur toile, 1864.**
- **Claude Monet, *Les Déchargeurs de charbon*, huile sur toile, vers 1875.**
- **Pierre-Auguste Renoir, *Les Grands Boulevards*, huile sur toile, 1875.**
- **Claude Monet, *La Gare Saint-Lazare*, huile sur toile, 1877.**
- **Gustave Caillebotte, *Rue de Paris, temps de pluie*, huile sur toile, 1877.**
- **Gustave Caillebotte, *Vue de toits (effet de neige)*, huile sur toile, 1878.**
- **Camille Pissaro, *Boulevard Montmartre, matin d'hiver*, huile sur toile, 1897.**

Les peintres ont également représenté la vie mondaine parisienne, notamment les loisirs et les sorties :

- **Edgar Degas, *L'Orchestre de l'Opéra*, huile sur toile, vers 1870.**
- **Auguste Renoir, *Bal du moulin de la Galette*, huile sur toile, 1876.**
- **Edgar Degas, *Portraits à la Bourse*, huile sur toile, 1878-1879.**

Pour faire écho au portrait de Mathilde Loisel à la fin de *La Parure* :

- **Honoré Daumier, *La Blanchisseuse*, huile sur bois, vers 1863.**

Notes

Notes

Notes

Notes

Dans la même collection

CLASSICOCOLLÈGE

14-18 Lettres d'écrivains (anthologie) (1)
Contes (Andersen, Aulnoy, Grimm, Perrault) (93)
Douze nouvelles contemporaines (anthologie) (119)
Fabliaux (94)
La Farce de maître Pathelin (75)
Gilgamesh (17)
Histoires de vampires (33)
La Poésie engagée (anthologie) (31)
La Poésie lyrique (anthologie) (49)
Le Roman de Renart (50)
Les textes fondateurs (anthologie) (123)
Neuf nouvelles réalistes (anthologie) (125)
Jean Anouilh – *Le Bal des voleurs* (78)
Guillaume Apollinaire – *Calligrammes* (2)
Honoré de Balzac – *Le Colonel Chabert* (57)
Béroul – *Tristan et Iseut* (61)
Albert Camus – *Le Malentendu* (114)
Lewis Carroll – *Alice au pays des merveilles* (53)
Driss Chraïbi – *La Civilisation, ma Mère !...* (79)
Chrétien de Troyes – *Lancelot ou le Chevalier de la charrette* (109)
Chrétien de Troyes – *Yvain ou le Chevalier au lion* (3)
Jean Cocteau – *Antigone* (96)
Albert Cohen – *Le Livre de ma mère* (59)
Corneille – *Le Cid* (41)
Didier Daeninckx – *Meurtres pour mémoire* (4)
Dai Sijie – *Balzac et la Petite Tailleuse chinoise* (116)
Annie Ernaux – *La Place* (82)
Georges Feydeau – *Dormez, je le veux !* (76)
Gustave Flaubert – *Un cœur simple* (77)
Romain Gary – *La Vie devant soi* (113)
Jean Giraudoux – *La guerre de Troie n'aura pas lieu* (127)
William Golding – *Sa Majesté des Mouches* (5)
Jacob et Wilhelm Grimm – *Contes* (73)

Homère – *L'Odyssée* (14)
Victor Hugo – *Claude Gueux* (6)
Victor Hugo – *Les Misérables* (110)
Joseph Kessel – *Le Lion* (38)
Jean de La Fontaine – *Fables* (74)
J.M.G. Le Clézio – *Mondo et trois autres histoires* (34)
Jack London – *L'Appel de la forêt* (30)
Guy de Maupassant – *Histoire vraie et autres nouvelles* (7)
Guy de Maupassant – *Le Horla* (54)
Guy de Maupassant – *Nouvelles réalistes* (97)
Prosper Mérimée – *Mateo Falcone* et *La Vénus d'Ille* (8)
Molière – *L'Avare* (51)
Molière – *Le Bourgeois gentilhomme* (62)
Molière – *Les Fourberies de Scapin* (9)
Molière – *George Dandin* (115)
Molière – *Le Malade imaginaire* (42)
Molière – *Le Médecin malgré lui* (13)
Molière – *Le Médecin volant et L'Amour médecin* (52)
Jean Molla – *Sobibor* (32)
George Orwell – *La Ferme des animaux* (130)
Ovide – *Les Métamorphoses* (37)
Charles Perrault – *Contes* (15)
Edgar Allan Poe – *Trois nouvelles extraordinaires* (16)
Jules Romains – *Knock ou le Triomphe de la médecine* (10)
Edmond Rostand – *Cyrano de Bergerac* (58)
Antoine de Saint-Exupéry – *Lettre à un otage* (11)
William Shakespeare – *Roméo et Juliette* (70)
Sophocle – *Antigone* (81)
John Steinbeck – *Des souris et des hommes* (100)
Robert Louis Stevenson – *L'Île au Trésor* (95)
Jean Tardieu – *Quatre courtes pièces* (63)
Michel Tournier – *Vendredi ou la Vie sauvage* (69)
Fred Uhlman – *L'Ami retrouvé* (80)
Paul Verlaine – *Romances sans paroles* (12)
Anne Wiazemsky – *Mon enfant de Berlin* (98)
Émile Zola – *Au Bonheur des Dames* (128)

CLASSICOLYCÉE

Des poèmes et des rêves (anthologie) (105)
Guillaume Apollinaire – *Alcools* (25)
Honoré de Balzac – *La Fille aux yeux d'or* (120)
Honoré de Balzac – *Le Colonel Chabert* (131)
Honoré de Balzac – *Le Père Goriot* (99)
Charles Baudelaire – *Les Fleurs du mal* (21)
Charles Baudelaire – *Le Spleen de Paris* (87)
Beaumarchais – *Le Mariage de Figaro* (65)
Ray Bradbury – *Fahrenheit 451* (66)
Albert Camus – *La Peste* (90)
Emmanuel Carrère – *L'Adversaire* (40)
Corneille – *Le Cid* (129)
Corneille – *Médée* (84)
Dai Sijie – *Balzac et la Petite Tailleuse chinoise* (28)
Robert Desnos – *Corps et Biens* (132)
Denis Diderot – *Supplément au Voyage de Bougainville* (56)
Alexandre Dumas – *Pauline* (121)
Marguerite Duras – *Un barrage contre le Pacifique* (67)
Paul Éluard – *Capitale de la douleur* (91)
Annie Ernaux – *La Place* (35)
Élisabeth Filhol – *La Centrale* (112)
Francis Scott Fitzgerald – *Gatsby le magnifique* (104)
Gustave Flaubert – *Madame Bovary* (89)
Romain Gary – *La Vie devant soi* (29)
Jean Genet – *Les Bonnes* (45)
Jean Giono – *Un roi sans divertissement* (118)
J.-Cl. Grumberg, Ph. Minyana, N. Renaude – *Trois pièces contemporaines* (24)
Victor Hugo – *Le Dernier Jour d'un condamné* (44)
Victor Hugo – *Anthologie poétique* (124)
Victor Hugo – *Ruy Blas* (19)
Eugène Ionesco – *La Cantatrice chauve* (20)
Eugène Ionesco – *Le roi se meurt* (43)
Laclos – *Les Liaisons dangereuses* (88)
Mme de Lafayette – *La Princesse de Clèves* (71)
Jean de La Fontaine – *Fables* (126)
Marivaux – *L'Île des esclaves* (36)

Cet ouvrage a été composé par Palimpseste à Paris.

Imprimé en Espagne par Novoprint (Barcelone)
Dépôt légal : août 2013 – N° d'édition : 70116454-03/déc2016